Narratori Feltrinelli

Antonio Albanese
La strada giovane

Prima edizione ne "I Narratori" aprile 2025

Stampa Grafica Veneta S.p.A. di Trebaseleghe - PD

ISBN 978-88-07-03652-1

FSC
www.fsc.org
MISTO
Carta | A sostegno della gestione forestale responsabile
FSC® C021883

GRAFICA VENETA
CARBON NEUTRAL

Questo libro è stampato da Grafica Veneta S.p.A.
con un processo di stampa e rilegatura certificato 100% carbon neutral
in accordo con PAS 2060 BSI

La strada giovane

A Beatrice, a Leonardo

“Beato chi in gioventù è stato giovane.”

Aleksandr Puškin, *Eugenio Onegin*

Prologo

Nel letto che non smetteva di tremare, Nino pensava al calore del pane. Era certo che se ci avesse pensato abbastanza forte, sarebbe riuscito a sentirlo proprio sui palmi delle mani. Ma era difficile concentrarsi, se i denti battevano in quel modo.

Stringere Jean più di così non poteva: era tanto magro che gli avrebbe di sicuro fratturato qualche osso, e poi anche a lui dolevano le braccia. Gli facevano male sempre, la sera, poi la mattina capitava che si sentisse quasi in forze. Durava poco.

Provò a rimboccare meglio un lembo di coperta sotto al corpo dell'amico e così facendo si scoprì il sedere, immediatamente morso dal gelo. Ora aveva freddo dietro e caldo davanti perché Jean, sebbene tremasse, scottava. Non era il calore buono del pane, quello: era una febbre cattiva, velenosa. Nino sapeva che la febbre passava, l'aveva avuta anche lui, ma quella di Jean non voleva saperne.

"Devo andare in infermeria," gli aveva fatto capire quel giorno fissandolo con gli occhi cavi, arsi.

"No, non andarci. Vai domani," aveva insistito Nino. Dall'infermeria non si tornava, lo sapevano tutti.

Forse quella notte la febbre sarebbe calata.

La porta della baracca si spalancò di colpo.

"*Strafübung! Raus! Alle raus!*"

Il corpo di Nino scattò giù dal letto e fu in piedi prima ancora che la mente lo seguisse. Il corpo ubbidiva automaticamente a quelle voci urlate, agli ordini in tedesco, perché voleva sopravvivere. La mente di Nino, però, si ricordò di ammucchiare la sottile coperta e la sua giacca a coprire Jean, anche la testa. Nel buio e nella confusione, forse non si sarebbero accorti che era qualcosa più di un mucchietto di stracci.

Poi, anche lui corse fuori. Provò a incrociare gli occhi di qualche altro internato ma in quella baracca erano tutti francesi, non sapeva come comunicare. Tanto, si disse, era inutile cercare di capire il motivo di quella "esercitazione di punizione". Forse qualcuno nel campo aveva fatto qualcosa, più probabilmente nessuno aveva fatto niente. Nel campo la prima a morire era stata la logica, tutti gli altri erano venuti dopo.

"*Schnell!*"

Il calcio di un fucile in mezzo alla schiena. Un dolore lancinante. Nino accelerò per tenere il passo di corsa. Non bastò.

"*Schnell!!*"

Altra botta in mezzo alla schiena, Nino perdette l'equilibrio. Un sasso, sotto il ghiaccio sottile e tagliente che copriva la melma del cortile. Quando si rialzò, sentì il sangue sulla faccia. Non si fermò a pulirselo, accelerò il passo per lasciare indietro la risata del suo aguzzino. Era un suono secco, feroce. Forse rideva in tedesco.

Quaranta giri del campo di corsa, per punizione, chissà di chi.

Quando Nino rientrò nella baracca, vide subito con sollievo che Jean era ancora lì. Non lo avevano trovato.

Non tremava più.

1.

“Tanto lo sai che qui funziona così: o sei vivo, o sei morto,” bisbigliò la voce di Lorenzo.

Nino non si era nemmeno accorto che l’amico era in fila dietro di lui. Procedeva con le spalle curve, pensando a Jean, già freddo sopra al suo pagliericcio quando era rientrato da quella maledetta esercitazione. E si odiava perché, nonostante tutto, non poteva impedirsi di pensare: niente più sigarette. Niente più pezzetti di formaggio.

Il suo amico era francese e i francesi erano prigionieri di guerra, non internati. Di tanto in tanto potevano ricevere i pacchi da casa e gli aiuti dalla Croce Rossa. Però se li tenevano per loro, e non solo perché al campo era ognuno per sé, e Dio per nessuno. Al campo era come in guerra: francesi e inglesi da una parte, italiani dall’altra, nemici.

A far avvicinare lui e Jean era stato un biscotto, che Nino gli aveva visto mangiare di nascosto, durante quella che chiamavano colazione. Lui era alle prese con la broda nera di surrogato di caffè e aveva fissato quel biscotto come ipnotizzato.

Suo padre faceva i biscotti. Lui, Nino, per i dolci non era ancora autorizzato, nelle lunghe giornate al panificio doveva stare davanti al forno. Segnare le forme di pane con una croce, infornare, controllare la temperatura, e il tempo di cottura, che non fosse eccessivamente lungo. Che rabbia quando le pagnotte uscivano del colore sbagliato, troppo scuro.

Nino inspirava profondamente il profumo caldo del pane, ma con la coda dell'occhio guardava suo padre impastare i biscotti: quelli al burro. Versare la farina. Rompere le uova, il tuorlo che scendeva molle. Lavorare il burro ricco e freddo che si scioglieva sotto le dita. Lo zucchero così bianco, più della farina. Il profumo della vaniglia.

Nino si alzava dal divano del soggiorno, che era il suo letto. Si fermava a sentire il silenzio assopito della casa. Sgusciava nello stanzone del panificio, cosa proibitissima. Tirava fuori quegli ingredienti semplici e magici. E impastava i biscotti. Col burro.

Era stato un gesto veloce a riportarlo al campo, al presente, al fatto che lui i biscotti in realtà non li aveva mai preparati e tantomeno di notte. Non si era mai azzardato a quella piccola trasgressione delle leggi famigliari, e ormai chissà se lo avrebbe fatto più.

Il gesto era quello di Jean, che si era avvicinato rapidissimo e ora gli stava porgendo un mezzo biscotto. Nino lo aveva guardato incredulo. Era un ragazzo bruno, bianchissimo, forse ancora più giovane di lui, e aveva gli occhi lucidi. Aveva visto il suo sguardo fisso sul dolce e aveva capito che la sua non era solo fame, era nostalgia. La più crudele delle molte malattie del campo.

Nino aveva allungato la mano a prendere quel brandello di amicizia: una faccenda impastata con l'avena, quasi raffer-ma, ben lontana dall'arte di suo padre. Buonissimo: Nino lo aveva trovato buonissimo. Jean aveva solo annuito, senza sorridere, ma subito uno dei suoi commilitoni lo aveva chiamato, in francese. Nino aveva riconosciuto solo una parola, "Badoglio". Era così che venivano chiamati gli italiani, al campo, con disprezzo.

Per un mese lui e Jean si erano visti quando si poteva, parlati in un goffo miscuglio dei rispettivi dialetti e fatti coraggio a vicenda. Per un mese, Nino aveva goduto di lussi incredibili, perché Jean aveva ricevuto un pacco da casa: i suoi gli avevano mandato anche un pezzo di formaggio e delle sigarette. Per un mese, Nino aveva avuto un amico.

"Guarda che ti è andata bene," sibilò Lorenzo. "Se ti beccavano di notte nella baracca dei francesi, finivi in punizione di sicuro. O peggio." Erano giorni che gli dava il tormento perché strisciava fuori dalla loro baracca per andare a visitare l'amico malato.

Il cinismo in quella voce gli grattò i nervi. Nino non ci stava, a pensare che gli era andata bene, che Jean tanto era fragile, condannato, che era un peccato solo aver perso quelle minime razioni supplementari. Però ormai non aveva altri amici, gli era rimasto soltanto Lorenzo.

"Sì, forse hai ragione," mormorò allora. Poi si odiò per averlo detto.

L'acciaio era pesante e gelido. La squadra di Nino era stata messa a riparare un tratto di ferrovia distrutto da un bombardamento: era a una decina di chilometri dal campo e ci arrivavano a piedi, una lunga marcia prima che albeggiasse. Dovevano fare in fretta, altrimenti i treni carichi di prigionieri non potevano arrivare.

Magari il binario fosse stato già distrutto quando lo avevano portato lì. Nino, mentre lavorava, si immaginava la scena: il convoglio che si fermava senza poter proseguire, la porta pesante del vagone che magicamente si apriva, le cinquanta persone ammassate assieme a lui che si spargevano nella campagna. Era settembre, c'era il sole, sarebbero tornati a casa.

Invece era finito due mesi a cavare patate dal terreno, mentre il freddo si faceva sempre più intenso, per poi passare a quella nuova incombenza, quando di patate non ce n'erano state più. Sollevando l'ennesima traversina, Nino batté i piedi per terra, ma piano, per non farsi sentire dalla sentinella, che c'era da aver paura a osare qualsiasi movimento fuori da quelli autorizzati: chinarsi, prendere i materiali, andare a posarli, fissarli. Caldo ai muscoli che bruciavano, freddo ai piedi e alle mani, sempre gonfi e rigidi.

"Almeno prima qualche patata si riusciva a portarla via," borbottò Lorenzo mentre mescolava la minestra lenta e grigia somministrata come rancio, nella breve pausa per il pranzo.

Lo diceva ogni giorno, da quando li avevano trasferiti dalla fattoria alla ferrovia. La verità era che anche di patate era riuscito a sgraffignarne ben poche, e Nino proprio nessuna, non aveva avuto il coraggio. Aveva visto cos'era successo a un internato che ci aveva provato. Lo avevano picchiato fin quasi ad ammazzarlo.

Quella tra la paura e la fame era una gara continua, nel campo, come le gare dei pidocchi nelle baracche. Erano sempre testa a testa ma secondo Nino la paura vinceva, di poco.

Osservava con una certa curiosità un verme che cercava di salvarsi la vita nuotando nella gamella, quando si sentì il rumore dei motori nell'aria.

"Giù!" fu Lorenzo il primo a gridare, pronto come sempre.

Gli aerei si avvicinavano velocissimi. Loro due si buttarono dietro un cumulo di sacchi prima che potesse arrivarci qualcun altro, ma tanto era solo l'illusione di un riparo. I tedeschi stavano già correndo nel bunker costruito apposta dagli internati. Loro restarono esposti, la faccia schiacciata contro la terra. Le bombe venivano giù, le mitragliate della contraerea andavano su. Il rumore faceva scoppiare le orecchie e il cuore di Nino, le mani premevano sulla testa, come se potessero parare i colpi. Non si sentivano più le grida e forse era peggio, ogni cosa era annegata nel fragore delle bombe e magari erano già tutti morti, anche lui e Lorenzo, e non se n'erano ancora accorti.

Finì in pochi minuti.

Quando si rialzarono, storditi, un altro pezzo di ferrovia era distrutto e a Nino venne da piangere. Sapeva che avrebbe dovuto essere contento, perché queste devastazioni impedivano l'arrivo dei convogli, intralciavano i nazisti che ora erano i loro nemici, anche i suoi. Ma non era contento per niente, tra quelle macerie vedeva solo altro lavoro.

"*Wieder auf Arbeit! Schnell!*" I tedeschi uscivano come formiche dal bunker.

Nino pensò che in quella guerra non si vinceva mai.

2.

“Forse ho trovato la soluzione,” sussurrò Lorenzo.

Nino lo ascoltava con un orecchio solo. “Soluzione” era la parola di Lorenzo, fin dal loro primo incontro sul treno: cercare una soluzione, trovare una soluzione. Come se potessero trovarla loro, in quel disastro.

“Dici sempre così,” gli rispose svogliato.

Ma era impossibile incrinare l’entusiasmo di Lorenzo, che proseguì: “Mi sono fatto amico il sorvegliante”. Questo probabilmente era vero: Lorenzo si arruffianava sempre tutti con facilità. “Gli ho chiesto di spostarmi a un lavoro meno pesante. Magari nelle cucine.”

“Buon per te,” ribatté cupo Nino.

“Ma cosa hai capito? Oh, io mica ti lascio”, seduto accanto a lui sul letto a castello, l’amico gli diede una spallata. “Penso a tutti e due, io. Appena c’è l’occasione, ti faccio venire con me.”

“Occasione” era un’altra delle parole preferite di Lorenzo.

“Non ci sarà mai.” Nino proprio non ci riusciva a essere positivo, quella sera. Aveva troppa fame, e il mal di testa per il freddo della giornata. “Guarda che ci vogliono andare tutti, nelle cucine.”

“Ci vogliono andare tutti e invece ci si va noi.”

Nino sospirò. Lorenzo era più intelligente di lui, ma non così tanto da poter migliorare la loro situazione, poco ma sicuro. Erano passati mesi, forse due, forse tre, dal loro primo ingresso nel campo e a quel giorno orrendo erano seguiti solo altri giorni orrendi, sporchi, freddi, faticosi, intrisi di paura. L'unica soluzione forse l'aveva trovata Jean: ammalarsi e morire.

Quando Nino faceva quei pensieri, e di recente li faceva spesso, la sera, nel grande antro della baracca, si metteva a fissare l'unico oggetto famigliare, la stufa.

Era in cucina e la stufa era accesa, mandava un bel calore. L'inverno a casa sua a Petralia Soprana, sulle montagne delle Madonie, era una faccenda seria e il riscaldamento doveva esserlo altrettanto. Lui stava per uscire con il suo amico Ignazio, a correre nella neve, ma prima andava a dare un bacio a sua madre. Lei alzava gli occhi dai ferri.

"Non mi tornare in casa con le scarpe fradice," diceva, il che era un controsenso, perché come si faceva a correre nella neve senza bagnarsi le scarpe?

"Ti sto facendo un bel maglione," aggiungeva. "Fa freddo, là fuori."

Pensandoci abbastanza forte, Nino avrebbe potuto sentire pizzicare la lana del maglione sulla pelle, ne era sicuro. Tutti i maglioni di sua madre pizzicavano, però tenevano caldo, nel freddo della montagna: un freddo diverso dal gelo senza rimedio del campo.

Nino continuò a fissare la stufa spenta, che si accendeva solo quando qualcuno riusciva a rubare un pezzo di carbone, o qualcosa da bruciare. Ma stasera non funzionava neanche concentrarsi. Stasera, quella desolazione pesante non si lasciava scacciare. Almeno, Lorenzo aveva smesso di parlare e si era sdraiato sul pagliericcio, a sognare le sue soluzioni.

Nino si rannicchiò sotto la coperta sottile e corta. Avrebbe dovuto trovarla il Re, la soluzione per tutti loro, ma gli avevano detto che era scappato. Glielo avevano detto in quei giorni pieni di confusione, dopo che Badoglio aveva annunciato l'Armistizio alla radio e sembrava che la guerra fosse finita. Gli avevano chiesto se lui, Nino, voleva continuare a combattere con la Germania, ma che domanda era? Lui aveva combattuto per il Re, e se il Re non c'era più sarebbe tornato a casa, da sua madre e da Maria Assunta, e che i tedeschi si finissero la guerra da soli. Di sicuro alla panetteria c'era del lavoro da fare, e chissà se stavano tutti bene o se le battaglie erano arrivate anche lì, se avevano bisogno di aiuto.

Allora vi portiamo a casa, avevano detto i tedeschi a lui e agli altri commilitoni, e li avevano messi sui treni. Non treni normali: carri bestiame sigillati, ciascuno con dentro cinquanta di loro stretti da non poter respirare, cibo una volta al giorno, quando aprivano le porte. Si spalancavano per tirar fuori i morti, quelli che non ce l'avevano fatta a resistere alla fame, alla fatica, alla puzza, ai bisogni fatti in un angolo o nel fazzoletto. Ma Nino teneva duro, perché stava andando a casa, anche se gli altri dicevano di no.

Avevano ragione gli altri.

Quando finalmente li avevano fatti scendere e aveva visto i cancelli di ferro, e il filo spinato, aveva pianto. Lo sapeva che non era una cosa da uomo ma gli erano scese le lacrime.

"Ma io dovevo tornare a casa..."

Perfino Lorenzo aveva deglutito forte, e gli aveva stretto un braccio, di nascosto perché bisognava stare attenti a non fare movimenti falsi, se no quelli gli urlavano addosso, potevano pure sparargli.

Poi, passati quei cancelli, tutto era diventato ancora più brutto.

Nino strinse forte gli occhi provando a convincersi che, se solo fosse riuscito a scivolare nel sonno, avrebbe sognato casa sua, almeno per una manciata di ore. Ma ormai erano giorni che sognava solo cenere, tanta cenere, che ricopriva tutto e faceva un silenzio grigio.

Una mattina, all'adunata delle cinque, Lorenzo non fu messo in fila con lui per andare al lavoro sulla ferrovia. Nino si preoccupò subito. Dove lo portavano?

Lorenzo era alto come lui ma aveva le spalle meno larghe, i muscoli meno allenati: non era cresciuto in montagna ma in città, a Piombino, dove suo padre aveva una drogheria. I suoi stavano abbastanza bene da averlo fatto studiare addirittura fino alla terza media, Lorenzo sapeva leggere e scrivere, ma per riparare binari era negato, c'era poco da dire. Nino riconosceva un lavoro ben fatto quando lo vedeva, e qualunque treno fosse passato su un binario riparato da Lorenzo avrebbe avuto buone probabilità di deragliare. Lui lo chiamava boicottaggio, e magari era anche così, ma soprattutto non era proprio capace. Era stato cresciuto per stare dietro al banco a servire delle signore, Lorenzo, non per saldare metallo nella neve.

Per tutto il giorno, Nino lavorò con un carico d'ansia sulla schiena. Sembrava che ogni cosa pesasse il doppio, anche i minuti. Che gli avevano fatto, a Lorenzo? Si erano accorti del boicottaggio? Lo avevano spedito in infermeria? Ma no, se avesse voluto marcare visita glielo avrebbe detto: era poco consigliabile, però qualche volta Lorenzo lo faceva. Lo avevano messo in punizione perché aveva chiesto di andare nelle cucine? Poteva capitare. Una volta un internato aveva chiesto una razione di cibo in più perché era stato assegnato a un lavoro pesantissimo: gli avevano sparato.

Lorenzo pensava che il sorvegliante fosse suo amico e invece quello aveva fatto di certo la spia, non c'era da fidarsi dei sorveglianti, pensava Nino disperato, mentre ingurgitava la solita broda senza parlare con nessuno, la gola chiusa dalla paura come se ci avessero ficcato dentro uno straccio bagnato. Per fortuna la zuppa era così sottile e acquosa che passava anche attraverso la paura.

Forse, mentre lui mangiava, Lorenzo era già un cadavere buttato in un angolo. Allora, si disse Nino, sarebbe morto anche lui, di sicuro. Senza bisogno di uccidersi: sarebbe morto e basta, perché c'era un limite a tutto. Tanto era così che succedeva, nel campo.

3.

Stava arrivando il Natale, ma le rape erano sempre le stesse. Non scintillavano.

Anche se gli sembrava che quella guerra stesse durando quanto tutta la sua vita, Nino il Natale se lo ricordava ancora, e in particolare ricordava come, nelle settimane precedenti, tutto cambiasse. Succedeva dopo Santa Lucia, la notte più lunga dell'anno: era come se il tempo dell'inverno si ripiegasse su se stesso e girasse, preparandosi per un nuovo ciclo. C'era uno scintillio particolare anche nelle cose più semplici: nella neve, nelle linee incrociate dei ferri da maglia di sua madre, nella zuppa di fave, dappertutto. Anna, la più grande delle sue tre sorelle, sbuffava e gli diceva che era solo la luce delle candele, che mamma accendeva per dare alla casa un'atmosfera di festa, concedendosi un piccolo scialo in modo da rendere speciale il periodo dell'Avvento. Ma Anna aveva due anni meno di lui e doveva capire ancora molte cose.

Spazzolando le rape per pulirle dalla terra, Nino pensò che magari adesso le aveva capite e si ritrovò a sperare che non fosse così. Che a casa, quando fosse tornato, avrebbe ritrovato tutto proprio uguale e identico a come lo aveva lasciato, compresi gli sbuffi di Anna.

"*Hinein! Alles hinein! Schnell!*" A Nino arrivò una botta in testa che lo buttò quasi a faccia in avanti nel mucchio di tuberi. Il sottufficiale tedesco che era entrato a controllare le cucine aveva, della minestra, un'idea semplice. Si prendeva dell'acqua e ci si buttavano dentro le rape: così com'erano. Con la buccia, le foglie e anche la terra, perché il tempo passato a pulirle era tempo perso, tanto quello era il rancio degli internati e dei prigionieri. Nino ci provava sempre, testardamente, a pulirle, ma quando arrivava l'ispezione non c'era niente da fare.

Chinò la testa e cominciò a buttare manciate di rape nell'acqua, mostrandosi solerte ed energico soprattutto per cercare almeno di scrollarle un po', mentre se le passava in mano. Intanto, fissava con la coda dell'occhio gli stivali del nazista, finché non si allontanarono soddisfatti.

"Sei proprio un siciliano," lo redarguì il Piemontese quando quello se ne fu uscito. "Lento e scansafatiche. Guarda che qua, come ci sei entrato, ci puoi uscire, e te ne torni alla ferrovia o dove stavi."

Nino guardò Lorenzo, che gli strizzò l'occhio come a dire: lascia perdere, è fatto così. Strinse i denti e continuò a buttare rape nella pentola a ritmo sostenuto, ma strofinandole cocciutamente prima sulla manica della giacca per levare la terra.

"La mangiamo anche noi, 'sta roba," brontolò senza farsi sentire.

Da quando Lorenzo, incredibilmente, era riuscito a farsi assegnare alle cucine e nel giro di un paio di settimane a farci venire pure lui, la vita di Nino era un po' migliorata. Il lavoro era meno pesante e di tanto in tanto riusciva a ficcarsi in bocca un morso di cibo in più, anche solo un cucchiaio di zuppa. Non era un miglioramento, però, essere finiti sotto il Piemontese, che a suo parere andava più che altro considerato una punizione. Un colosso d'uomo, di dieci anni più vecchio di loro e con i capelli già tutti bianchi, che di mestiere faceva il macellaio e secondo Nino le mucche le sapeva ammazzare a mani nude, senza bisogno del coltello. Di sicuro, le due o tre volte che si era preso una scoppola da quei badili gli erano ronzate le orecchie per un'ora.

Il Piemontese si era guadagnato il favore dei tedeschi perché cucinava la carne davvero bene e in particolare sapeva fare lo stinco meglio che a Francoforte: così era diventato il capo delle cucine, che governava con pugno di ferro. Non ammetteva che venissero considerate solo un posto dove scansare la fatica, pretendeva ordine e pulizia e aveva cacciato parecchi internati che erano riusciti a farsi assegnare lì, perché li considerava "non all'altezza", senza curarsi dell'eventualità di condannarli, con quella cacciata, a morte. Nino lo trovava prepotente e cercava di evitarlo. Lorenzo, ovviamente, ci aveva fatto amicizia e riusciva a schivare tutti i lavori pesanti, come trasportare i sacchi di ortaggi quando arrivava il contadino con il furgone.

"Oh, panettiere, è il giorno del pane, sei contento?" lo chiamò il Piemontese in tono sfottente.

Nino spostò lo sguardo sui sacchi: "Quello non è pane".

Lorenzo alzò gli occhi al cielo e il Piemontese scoppiò a ridere. Nino lo sapeva che lo provocava per ottenere proprio quella risposta, ma era più forte di lui, non riusciva a star zitto. Quel pane nero, raffermo, impastato di cenere e sporco era la cosa peggiore di tutte, in cucina: peggio ancora della terra attaccata alle rape e dei vermi nella zuppa, perché era un'infamia. Non era pane, era il contrario del pane, un insulto al pane. Essere costretto a mangiarlo, appoggiandolo sopra un tovagliolo per poter raccogliere tutte le briciole, per lui era peggio che una violenza, era un disonore.

"Porta fuori i sacchi, va'," gli intimò Lorenzo, più che altro per evitargli altre prese in giro del Piemontese. La distribuzione del pane era due volte a settimana, un mattone da due chili ogni sette persone, di tanto in tanto con un po' di margarina. Ma quel giorno no, niente margarina.

Nino raccolse il primo sacco di pagnotte color del fango. Sotto certi aspetti il suo lavoro non era cambiato, pensò: non erano tanto più morbide dei binari della ferrovia.

La sera, nella baracca, Lorenzo lo rimproverò come al solito. "Non devi reagire. Se ogni volta abbocchi, per forza che il Piemontese ti prende in giro."

"Sul pane non si scherza." Nino dava sempre la stessa risposta.

"E invece devi lasciarlo scherzare, se no prima o poi finisce che ci litighi."

"E che fa? Ci litigherò."

Lorenzo gli afferrò il braccio, una stretta seria. "Non fare l'idiota, sai? Che se no vado nei guai anch'io. E non possiamo farci buttar fuori prima della fine dell'anno."

Nino girò la testa, incuriosito. "E dopo la fine dell'anno sì? Mica finisce la guerra a Capodanno."

"Tu lascia fare a me..." Lorenzo si interruppe di colpo. Spari e grida in tedesco, fuori dalla baracca. Poi la porta spalancata di botto, con un calcio.

"*Raus! Schnell!*"

Ma se erano appena rientrati dopo l'appello serale. In genere aspettavano che fossero addormentati, prima di svegliarli per le esercitazioni punitive. Se no che punizione era?

"*Raus! Alle raus!*"

Si ritrovarono nel piazzale pieno di internati: tutti presenti e nessuno tranquillo. Gli urli erano ordinaria amministrazione. Gli spari, meno.

Li fecero disporre intorno al piazzale, come per le adunate, mentre un gruppetto di nazisti occupava il centro. Tenevano davanti a loro un internato che camminava a fatica e lasciava una scia di sangue, forse da una gamba o da un piede, o magari dal fianco. Lo buttarono per terra e rimasero dritti e impettiti attorno a lui, passando lentamente lo sguardo dal suo corpo accasciato ai volti degli altri prigionieri. A Nino sembrò che uno di loro lo fissasse negli occhi, proprio a lui, e non sapeva se abbassarli o meno, c'era la possibilità di prendersi una fucilata in entrambi i casi, per mancanza di rispetto. Restò lì paralizzato dal terrore, chiedendosi se doveva morire quella sera per caso, solo perché qualcun altro aveva tentato di scappare.

Perché era chiaro che si trattava di questo. Nessuno aveva bisogno di spiegazioni e di sicuro i tedeschi non ne avrebbero date, molto meglio prolungare quel silenzio tetro, incombente. Qualcuno, appena scese le tenebre, aveva cercato di scappare e l'avevano beccato, chissà se era solo quest'uomo o se c'era qualcun altro, sdraiato nel fango con una pallottola nella schiena, vicino alla recinzione.

Lo sguardo del nazista che Nino sentiva fisso su di sé si spostò su un altro soldato che si stava avvicinando. Il sollievo di Nino si trasformò istantaneamente in orrore vedendo che quello trasportava una tanica, mentre tutto il campo tratteneva il respiro. Il liquido trasparente venne sparso sull'uomo accasciato. Poi, il tedesco accese un fiammifero. E lo lasciò cadere. Le urla si levarono alte e inutili.

Mancano pochi giorni a Natale, pensò Nino guardando un uomo bruciare.

4.

Il Piemontese aveva cucinato tutto il giorno agitandosi come se la festa fosse stata la sua; invece, era il Capodanno dei nazisti. L'aspetto positivo di tutta quell'agitazione, per Nino, era che non aveva trovato il tempo di sfotterlo, mentre si dava da fare in cucina assieme a Lorenzo. Nevicava da due giorni sul campo, c'era un silenzio bianco e la pace dei giorni festivi in cui tutti aspettano qualcosa, o comunque pensano ad altro: nessuno dei tedeschi aveva voglia di aggirarsi a tirare randellate a caso, evidentemente se ne stavano nei loro alloggiamenti a lucidare gli stivali per la serata.

Nino avrebbe voluto potersi godere quella tranquillità, ma ci aveva pensato Lorenzo a guastargliela fin dal mattino.

"Prendi tutto quello che hai, prendi tutto con te," gli aveva bisbigliato mentre scendevano dal letto per l'adunata.

"Ma tutto cosa?" Nino non aveva proprio niente, la catenina della comunione con la croce gliel'avevano rubata i nazisti prima di salire sul treno, quando si erano portati via orologi, fedi nuziali, tutto il poco che i soldati italiani avevano addosso.

"Quel che hai, non so... quella tua foto, per esempio."

"Quale foto?" Nino si era irrigidito. Era convinto che fosse un segreto, era pericolosissimo possedere effetti personali, là dentro. Se gliel'avessero trovata, sarebbe finito in punizione.

"Dai, ti ho visto che la guardavi, che ti importa? Mica faccio la spia," aveva sbuffato Lorenzo. "Prendila con te."

Nino l'aveva sempre con sé: la teneva sotto l'elastico delle mutande, contro il ventre ormai piatto fino a essere quasi concavo. Si era limitato ad alzare le spalle e a precedere l'amico fuori dalla baracca. Non voleva neanche sapere cosa fosse tutto quel mistero, soprattutto perché temeva di saperlo benissimo. Lorenzo aveva sicuramente architettato qualche piano di fuga, una delle sue "soluzioni": l'ultima, quella che li avrebbe fatti uccidere.

Ora il suo amico continuava ad andare sulla porta della baracca adibita a cucina, con una scusa o con l'altra, a guardare fuori come se controllasse qualcosa, e quando rientrava sembrava sollevato. Nino cercava di girargli al largo: qualsiasi cosa avesse in mente quel pazzo, lui non c'entrava nulla, non voleva entrarci. Ma mentre pelava l'ennesimo mucchio di patate, Lorenzo gli si avvicinò per fingere di aiutarlo.

"Oh, è l'ultimo dell'anno, non vorresti essere con la tua fidanzata?"

"Moglie," obiettò Nino, anche se Maria Assunta era stata sua moglie per così pochi giorni, prima della partenza, che la parola gli usciva stonata, come quando sbagliava i verbi a scuola.

"Quel che è. Non vorresti essere con lei?"

"Sì." Nino teneva corte le risposte sperando di scoraggiarlo. Lo facevano stare male, quei discorsi. Mentre il pensiero di sua madre era una sicurezza, rocciosa e confortante, quello di sua moglie era un canestro fragile di possibilità: che lo aspettasse, che lo credesse morto, che si fosse trovata un altro, che quella guerra di merda se la fosse portata via come la vita si porta via le cose troppo belle per diventare davvero certezze. Meno ci pensava, a Maria Assunta, e meglio era.

"E magari c'è qualcuno che le fa la corte e vorresti dargli un bel pugno," insistette Lorenzo.

"Sì," rispose Nino, fedele al monosillabo, anche se quell'immagine gli aveva causato una fitta.

"Ed è meglio prima che poi, sai," quello non mollava. "Perché finire l'anno senza il tuo uomo, cominciarne un altro... Una donna pensa: basta, non voglio finire anche quest'anno da sola. Chiaro, no?"

"Sì." La mano di Nino strinse la patata da pelare finché le nocche non furono bianche, poi ricominciò il lavoro. Si concentrò sulla buccia, sul lasciarci qualcosa attaccato: non troppo, perché il Piemontese se ne sarebbe accorto, ma qualcosa, dato che quelle bucce sarebbero state la cena di Capodanno degli internati.

"Se poi mi dici che è bellina... Perché è bellina, vero?"

"Sì."

Lorenzo alzò gli occhi al cielo: davvero non c'era niente di più zitto di un siciliano che avesse deciso di star zitto. Gettò uno sguardo al Piemontese trovandolo intento a rosolare qualcosa, e scrollò l'amico per il braccio.

"Oh, allora. L'hai capito o no, che questo è l'ultimo giorno?"

"Dell'anno, sì," annuì Nino, contravvenendo alla regola del monosillabo pur di far finta di non capire.

"L'ultimo giorno qui dentro, Nino!" soffiò Lorenzo. "Ancora poche ore e si fugge."

"Tu sei pazzo." Nino pensò all'odore di carne bruciata, poche sere prima, nel cortile, e anche lui gettò uno sguardo al Piemontese e ai suoi tegami di stinco, mentre la nausea gli montava in gola.

"Non preoccuparti, è tutto calcolato. Ho pure la mappa." Lorenzo si batté una mano sul cuore, facendo frusciare qualcosa sotto la giacca. Nino sapeva che conservava quella mappa come lui la sua foto, gliel'aveva anche mostrata. C'era disegnata sopra la strada che doveva fare per arrivare a casa, a Piombino. Sembrava lunghissima, ma mai quanto quella fino alla Sicilia. "Di me puoi fidarti. T'ho mai messo nei guai?" insisté Lorenzo.

"No. E non comincerai a Capodanno."

L'amico si lasciò sfuggire un breve colpo di riso, e il Piemontese si voltò. Finalmente, pensò Nino.

"Che ci fai tu là?" per una volta, ce l'aveva con Lorenzo. "Vuoi battere il tuo record personale di una patata pelata ogni dieci minuti? Piuttosto, vai a vedere se è arrivato quel maledetto contadino."

Mentre Lorenzo si precipitava fuori, Nino sperò che il contadino non arrivasse mai: così imparavano, i tedeschi. Quello con il cibo ce l'aveva fatta, la mattina, a portare le vettovaglie per la cena di Capodanno, ma era arrivato in ritardo perché le strade erano coperte di neve, per superare alcuni punti aveva dovuto spalare. Per due giorni non aveva smesso di nevicare, era già sceso il crepuscolo e col buio anche spalare diventava difficile, e probabilmente il camion dell'esercito che avevano prestato a un altro contadino, che doveva portare la birra, non era riuscito a passare. Ben gli stava, pensò ferocemente Nino. Che annaffiassero lo stinco del Piemontese con la broda che davano agli internati, e stessero allegri con quella.

Ma neanche un'ora dopo si sentì in lontananza la voce della sentinella che dava l'alt, e poi il rumore del motore. Ce l'aveva fatta anche questo camion. A Nino sembrò un segno del destino: le vincevano tutte i tedeschi, tutte, forse anche la guerra. E loro sarebbero rimasti lì dentro per sempre. Aveva la schiena curva mentre usciva insieme a Lorenzo per scaricare i pesanti fusti di birra, da allineare fuori nella neve, dove sarebbero rimasti belli freddi.

Poi successe tutto molto in fretta, così rapidamente che la mente di Nino avrebbe trattenuto solo il passaggio dalla luce al buio, dal silenzio della neve allo sferragliare del furgone che si metteva in moto.

Il conducente che, scaricato l'ultimo barile, rabbrividendo e proteggendosi il viso dai fiocchi di neve sempre più fitti, risale sul mezzo militare cortesemente messo a disposizione dai tedeschi. Lorenzo che, mentre Nino rientra in cucina intirizzito, lo tira per un braccio. I piedi che slittano sulla neve mentre si sente trascinare verso il portellone semiaperto. Il terrore e l'unico pensiero in mente: la sentinella. Ma la neve turbina tra loro e la garitta e forse, stasera, è la neve la loro migliore alleata. Lorenzo che apre del tutto lo sportello posteriore del furgone e quasi lo butta di peso dentro al mezzo già in movimento, poi sale a sua volta, in fretta, più in fretta, prima di essere in vista dei cancelli, prima che qualcuno possa accorgersi di quelle lamiere in disordine, dello sportello accostato che dovrebbe essere chiuso.

E che, proprio quando pensano di avercela fatta, si apre di nuovo.

E fuori c'è il Piemontese, che brandisce un coltello da macellaio, uno dei più affilati. Si allunga verso l'interno, afferra un braccio di Lorenzo mentre Nino, buttato sul retro, riesce solo a guardare terrorizzato.

Poi Lorenzo si puntella contro la parete, tira con forza e il Piemontese salta dentro, con un'agilità che la sua stazza bovina mai avrebbe fatto sospettare.

"Volevate lasciarmi qui, eh?" e richiude definitivamente la porta della loro salvezza.

Sempre che ai cancelli non li fermi nessuno.

5.

Muto nel furgone dei tedeschi, Nino ricordava quando era arrivato al campo nel buio di un vagone chiuso. Ora, in un altro buio, se ne andava. Fino a dove? Non era possibile che fosse così facile. Da un momento all'altro si sarebbero fermati, in mezzo al nulla, qualcuno avrebbe aperto lo sportello e fuori ci sarebbero state le guardie, con i cani e le armi. Un colpo, uno a testa, poi la neve avrebbe coperto tutto, fino alla primavera.

"Ma se quello fa la spia?" chiese nell'ennesimo sussurro spaventato.

"Se doveva fare la spia la faceva ai cancelli del campo," sbuffò Lorenzo. "O credi che non si sia accorto? Quando è saltato su 'sto marcantonio qui, a momenti ci ribaltiamo," osservò accennando al Piemontese, che se la dormiva come se non avesse un problema al mondo.

"Ma eravate d'accordo?" Nino si lasciò prendere dalla curiosità. "Per scappare, intendo."

"Glielo avevo detto, sì." Lorenzo alzò le spalle. "Ma ripeteva che non valeva la pena rischiare di farsi ammazzare, che la guerra tanto finisce presto. Si vede che ha cambiato idea."

"A me prima di stasera non avevi detto niente."

"A te, se ti dicevo qualcosa, mi morivi di paura." Lorenzo fece un sogghigno nel buio. "Finiva che ti tradivi. E invece così siamo fuori, no?"

"Ma se quello fa la spia?" Il cervello di Nino ritornò al punto di partenza. Stavolta, Lorenzo non rispose. Il furgone continuava ad attraversare la tormenta, lento, avanzando nell'ultima notte dell'anno.

Nino si muoveva a tentoni, ma sicuro, in un buio caldo che odorava di fumo e di castagne. Sapeva dove trovare le candele e i cerini, ce li aveva portati il giorno prima, insieme al resto. Due fiammelle erano tutto il fuoco che avrebbero avuto, ma non faceva troppo freddo, e poi aveva preso il panno bello, quello che sua madre teneva nella cassapanca e non aveva ancora tirato fuori per l'inverno.

Alla luce delle candele compariva il profilo di Maria Assunta, incerta a qualche passo di distanza. E castagne dappertutto.

"Vieni," le diceva Nino. Del panno e di un paio di cuscini aveva fatto un nido, e aveva pronto un festino minimo, di pane fragrante e formaggio, e biscotti. Il loro banchetto. "Poi avremo un pranzo di nozze come si deve," le diceva per incoraggiarla, mentre lei lo raggiungeva in quell'angolo.

"Lo so," gli sorrideva e gli prendeva la mano. Nino lo sapeva, che lei aveva sognato qualcos'altro e di meglio, che la fuitina nell'essiccatoio di suo nonno non era certo il coronamento del loro amore che si era immaginata. Ma suo padre possidente non lo voleva, come genero, il figlio dei panettieri, e lui tra pochi giorni sarebbe partito per la guerra, prima che tornasse l'avrebbero di sicuro fatta sposare a qualcun altro. Non avevano alternative.

Maria Assunta si sedeva accanto a lui, sull'isola di panno nel mare di castagne, e Nino le accarezzava il viso e le porgeva un biscotto. L'ultimo di un lungo corteggiamento fatto di biscotti, che le aveva regalato davanti a scuola e nei vicoli, per il suo compleanno e per la festa del santo del paese, che poi era pure il suo onomastico, il 15 agosto, il giorno dell'Assunta.

"Tu mi sposi per i biscotti, vero?" le chiedeva ora Nino, per alleggerire quel silenzio pieno di cose che stavano per succedere.

"Sicuro come l'oro," annuiva lei mentre si sorridevano nel buio. E poi si lasciava andare nel suo abbraccio, perché aveva lo stomaco chiuso, e il pane e formaggio l'avrebbero mangiato dopo aver fatto, finalmente, l'amore.

Quando torno dalla guerra te li faccio tutti i giorni, i biscotti, pensava Nino steso sopra di lei, ma senza dirlo. Perché la guerra, in quella loro prima notte, non ci doveva entrare. Il buio era pieno solo di attesa, di carezze e di un po' di timore. Non dovevano scoprirli fino al mattino.

Era ancora notte quando il furgone si fermò di colpo. Quanto era passato dall'uscita dal campo? Non molto, di sicuro non abbastanza. Nino, che si era perso in un buio più morbido, tanto più amico di quello, tornò di colpo a inghiottire paura. Non erano arrivati da nessuna parte, se lo sentiva. I tedeschi dovevano essersi accorti che non erano più nelle cucine, li avevano inseguiti e ora erano lì.

Sentirono lo sportello del conducente che si apriva, l'uomo che scendeva.

"Forse deve solo pisciare," provò a rassicurarlo Lorenzo, ma era teso anche lui. Fuori non si sentiva niente se non il fischio del vento contro le lamiere, i passi dell'uomo erano attutiti dalla neve. Il Piemontese si era svegliato, strisciò fino al portellone, acquattandosi con il suo coltello. Che contro le Luger dei nazisti non sarebbe servito a un bel niente, pensò Nino.

Le porte si spalancarono e per un momento non videro niente, solo un buio diverso, azzurrato dalla neve. Non ne scendeva più, c'era solo il vento.

Videro l'uomo con la pistola, puntata dritto contro il Piemontese. Non era stupido, il contadino.

"*Raus*," disse piano l'uomo. Si guardarono immobili, ma fu solo un attimo. Poi quello fece un altro gesto, con la mano disarmata: a indicare il fitto del bosco. "*Laufen*," aggiunse. Correte via. Nino capì di colpo, e così gli altri due: li aveva aiutati, ma non poteva rischiare oltre. Se i tedeschi li avessero inseguiti, e beccati nel furgone, sarebbe morto anche lui. Mentre balzava giù insieme agli altri, gli sembrò di sentire in lontananza i cani che ululavano, ma forse era solo un'impressione. O forse erano lupi, chissà.

Lorenzo e il Piemontese scomparvero rapidamente tra gli alberi. Nino si fermò un istante.

"*Danke*," mormorò. Quello almeno lo sapeva dire. Il contadino annuì, un gesto triste, che non conteneva alcuna fiducia. Poi Nino si mise a correre, con tutte le sue forze.

Mentre prendeva velocità, per un momento si sentì libero davvero. Correre gli faceva questo effetto fin da bambino e gli piaceva un sacco: da balilla aveva fatto anche delle gare, giochi organizzati dal partito fascista, ed era arrivato primo, gli avevano dato perfino una medaglia. Lo sport era importante per formare dei buoni cittadini che avrebbero servito bene il Re e il Duce. Che lo sport potesse tornare utile per scappare dagli alleati del Duce non era stato previsto, pensava Nino mentre le gambe, indebolite dai mesi di prigionia e zavorrate dagli zoccoli del campo, cercavano di ritrovare un ritmo, e il fiato si accorciava.

"Ohi!" un grido breve alle sue spalle. Nino si bloccò di colpo, impaurito. Ma era solo Lorenzo. Aveva superato e lasciato indietro lui e il Piemontese così in fretta che l'amico si era azzardato a richiamarlo, anche se dovevano fare meno rumore possibile, in quel silenzio elettrico.

"Ma dove credi di essere, alle Olimpiadi?" ansimò Lorenzo quando gli arrivarono vicino. Il Piemontese non disse niente perché era occupato a respirare, la faccia di un colore incerto tra il rosso e il prugna.

"Mi ero distratto," si scusò Nino.

"Ti eri..." e Lorenzo scoppiò a ridere, un riso silenzioso e convulso che non riusciva a interrompersi, fino a cadere in ginocchio nella neve, ripetendo tra i singhiozzi: "Distratto". Nino lo fissava perplesso, chiedendosi se fosse impazzito. Forse la tensione era stata troppa, poteva capirlo. Ma tra quello che rideva e il Piemontese che rantolava, c'era da preoccuparsi: come si faceva a fuggire dai nazisti in queste condizioni?

Per fortuna, il suo amico si rimise in piedi, si asciugò gli occhi nella manica e sembrò ritrovare la sua risolutezza.

"Ora basta correre, procediamo di buon passo," disse, autonominandosi capo del terzetto.

"Ma se non sappiamo neanche dove stiamo andando," protestò il Piemontese che, ritrovato il fiato, lo usava per lamentarsi. "Con questo buio, rischia che giriamo in tondo e torniamo al campo."

"Non mi sono mai perso in vita mia. La strada è là," Lorenzo indicò la direzione da cui venivano. "Il campo è là," spostò il braccio. "Noi andiamo per di là," tese la mano con decisione verso il fitto del bosco davanti a loro. "Dobbiamo allontanarci il più possibile."

"Ma se troviamo un riparo, ci fermiamo," contrattò il Piemontese.

"Va bene," annuì Lorenzo, forse solo per farlo star zitto, pensò Nino.

Tanto, in quel bosco, che ripari potevano trovare? Bene che andasse, avrebbero camminato tutta la notte.

6.

Al terzo giorno, era venuto il sole: ed era come se fosse venuto insieme tutto il sole che al campo non si era mai visto. I rami pungevano un cielo del colore dei mantelli delle Madonne e i picchi coperti di neve scintillavano tanto da far quasi dimenticare la paura di doverli scavalcare. Nino appena sveglio fissava incantato quel panorama che era stato aspro e nemico fino alla sera prima, e a momenti dimenticava la fame, e le ferite ai piedi causate dagli zoccoli.

"Ma tu non hai mai freddo?" Il Piemontese lo guardò passarsi manciate di neve sulla faccia e sui capelli cortissimi, per lavarsi. Non si capacitava che il siciliano del gruppo non solo fosse biondo e con gli occhi azzurri, ma più resistente al freddo di lui, che veniva dalle montagne vicino a Cuneo. Nino aveva provato a spiegargli che a casa sua c'erano i monti più alti della Sicilia dopo l'Etna, che Petralia Soprana era il comune più alto delle Madonie e che i maglioni di sua madre venivano comodi pure d'estate, la sera. Ma era inutile, per il Piemontese la Sicilia era sole, mare, banditi: punto; non era disposto a immaginare altri scenari.

"Meglio il freddo che i pidocchi," rispose Nino, guardando di traverso le mani sporche del suo compagno di viaggio. Tra i molti orrori del campo, per lui, la sporcizia aveva avuto un posto di rilievo: il fango, gli animali che strisciavano, l'odioso compito della pulizia delle latrine. Si era trovato a rimpiangere il disinfettante con cui li avevano strigliati all'arrivo, anche se bruciava da levare la pelle.

"Di pidocchi ne mangerei volentieri una manciata," sospirò Lorenzo.

"Sempre meglio di quelle vostre zuppe di cavolo," commentò il Piemontese.

"Guarda che mia mamma fa una ribollita che è la fine del mondo."

"Nel senso che piuttosto che mangiarla è meglio la fame?"

"Ma che ne sai tu, sei buono giusto a cucinare per i tedeschi."

"E dovevo rimanere a cucinare per loro, infatti. Cosa mi è preso di venire a morire in mezzo ai monti... Me ne stavo al caldo in cucina finché non arrivavano gli americani, maledetto me."

"Bravo. E il giorno prima che arrivavano, i tedeschi ammazzavano te e tutti quegli altri."

"Andiamo?" propose Nino, con insolito slancio, e partì a passo svelto: magari, se si ritrovavano col fiato corto, avrebbero litigato di meno.

La prima notte l'avevano superata dormendo in una provvidenziale torretta per cacciatori, dove avevano trovato una coperta e perfino due mozziconi di sigaretta da fumare, ed erano tutti e tre troppo stanchi per parlare. Ma adesso erano per strada da tre giorni, con le provviste strettamente razionate: quel poco che Lorenzo e il Piemontese si erano portati via dalle cucine riempiendosi le tasche sarebbe finito presto. E non sapevano nemmeno dove si trovavano.

"Sei sicuro che stiamo andando verso l'Italia?" chiese a Lorenzo, ma piano, per non far cominciare un'altra discussione.

"Sì. Mi sono mai perso?"

"Non lo so, se ti sei mai perso."

"Non mi sono mai perso." Il tono di Lorenzo era definitivo e non c'era altra scelta se non fidarsi di lui. La sera tirava fuori da una borsa tedesca rubata al campo la sua preziosa mappa militare, l'unica che avessero, e mostrava il punto in cui, secondo lui, erano arrivati e il percorso da compiere il giorno dopo. Sembravano sempre tratti troppo brevi, su quella grande distesa verde piena di segni.

Almeno, il primo giorno era riuscito a trovare una strada piuttosto trafficata e l'avevano seguita tenendosi lontani, buttandosi nei fossi e strisciando quando sentivano arrivare una macchina. Poi, però, si erano inoltrati tra le montagne, le strade erano diventate sentieri e, anche se lui sosteneva che quella era la via più corta e più sicura, a Nino sembrava sempre più faticosa. Quanto al Piemontese, quel giorno si era svegliato con l'idea che stessero marciando solo verso la morte e non c'era modo di distoglierlo dai pensieri neri.

"Se cercassimo un paese?" propose. "Magari riusciamo a prendere qualcosa di caldo da mangiare."

"E lo vorresti pagare con i soldi del campo?" lo sfotté Lorenzo. I Lagermark con cui venivano "pagati" gli internati al lavoro non avevano corso nel mondo reale, e comunque nessuno di loro ne aveva con sé.

"Rubare, allora."

"Bravo. Non ci hanno ammazzato i nazisti, facciamoci ammazzare come ladri."

"Sempre meglio che morire di fame in questo maledetto bosco."

E si ricominciava.

A metà pomeriggio erano così concentrati sulla stanchezza nelle gambe e sul vuoto nello stomaco che, quando videro la capra, sulle prime non la guardarono nemmeno. Fu il Piemontese a immobilizzarsi, e a fermarli con un gesto.

"Ma che..."

"Zitto," intimò a Lorenzo, accennando con il mento all'animale. Era una capra selvatica, con due corna belle appuntite e l'aria guardinga, impegnata a cercare qualche ciuffo d'erba sul bordo di un ruscello, in un punto in cui la neve si era un po' ritirata. Non si era accorta di loro e non si accorse del Piemontese e del suo coltello, che posero fine alla sua vita con una rapidità inimmaginabile. Proprio come quando era saltato sul furgone, Nino si sorprese come davanti a una magia: quell'uomo così massiccio sapeva tirare fuori un'agilità da atleta, o meglio, da cacciatore.

L'odore del sangue dell'animale, mentre si avvicinavano, gli diede per un momento la nausea. Il Piemontese teneva la sua manona sulla testa della bestia morta, con una specie di affetto. No, non era affetto: era gratitudine.

"Che fai, la macelli o la coccoli?" chiese la voce impertinente di Lorenzo. L'altro lo guardò serio, per una volta senza polemica.

"Ricordati che questo animale ci salva la vita, e porta rispetto," disse, facendosi rapido il segno della croce. Nino lo imitò d'istinto, incurante dello sbuffo ironico del suo amico. Poi tutti e tre si misero al lavoro.

Il fegato lo mangiarono subito, crudo e caldo, affettato sottile: erano mesi che non vedevano carne e sembrava quasi troppo potersela godere così.

"Quando sarò a casa, mi mangerò una capra al giorno," annunciò il Piemontese.

"E io ti porto il pane per accompagnarla!" Nino quasi sorrise, pronunciando quelle parole, che disegnavano un'immagine buffa. Poi girò lo sguardo intorno, vigile e attento, come se i nazisti potessero seguire il suono del loro masticare e sorprenderli distratti, intenti al banchetto, o peggio, come se i nazisti avessero usato la capra come esca per attirarli.

"Dobbiamo accendere un fuoco per cuocere qualche pezzo," soggiunse il Piemontese. "Ma qua intorno c'è solo legna umida..."

"Fuori discussione: il fumo si vedrebbe da lontano," obiettò Lorenzo. Anche lui non sembrava tranquillo.

"Senti, se tu hai voglia di continuare ad aver fame per me sta bene. Io mi cuocio la carne." Il Piemontese si alzò e si mise in cerca di qualche ramo.

"Lorenzo, lascialo fare," fu Nino a intervenire prima che l'amico potesse attaccar briga. "Ha ragione, dobbiamo cuocerne un po'."

L'altro si ficcò le mani in tasca, abbassando lo sguardo sulla capra mezza macellata.

"Portiamoci via i pezzi crudi, penseremo a come fare quando saremo più lontani. Magari troveremo un riparo," insisté.

"Non puoi lasciarci rifiatare neanche un secondo, eh?" protestò il Piemontese, tornando con la legna meno bagnata che fosse riuscito a trovare. "Sei peggio dei nazisti."

"Piantala con le lagne, finché c'è ancora luce ce ne andiamo un po' più avanti."

"Piantala tu, e fai quel che ti pare. Vuoi andare? Accomodati. Io resto qui."

Mentre lo guardava accucciarsi per disporre il fuoco, Lorenzo sembrava combattuto. Non gli andava di separarsi, in tre erano più forti. E se avessero lasciato lì il Piemontese e i nazisti lo avessero preso, li avrebbe messi di sicuro sulle loro tracce.

"Quanto tempo?" chiese nervoso. Nino taceva, ficcando lo sguardo tra gli alberi come se avesse potuto indovinare l'arrivo del nemico. Erano scappati da tre giorni ormai, possibile che li stessero ancora cercando? Che se ne facevano di tre internati? Era già capitato, in fondo, che qualcuno riuscisse a fuggire dal campo, storie di successo che si raccontavano nelle baracche.

"Un paio d'ore," valutò il Piemontese. "Fate un pisolino mentre io penso alla carne, mangiamo un boccone e poi partiamo freschi."

Alla fine fecero come voleva lui: con la sua caccia fortunata, in fondo, si era conquistato il diritto di decidere, ed era vero che non potevano permettersi di sprecare tutto quel ben di Dio. Nino si allungò per terra, tra un albero e un cespuglio, come se quegli stecchi brulli potessero nasconderlo alla vista di chicchessia: subito, dai rami smossi, gli cadde in testa una cascatella di neve, come uno scherzo del bosco. Lorenzo si allontanò di qualche passo, contrariato, e si avvolse nella coperta per strappare un po' di calore a quella ennesima giornata gelida.

Quando si svegliarono faceva buio. E il Piemontese era sparito. Lo cercarono alla luce di un rametto acceso con un fiammifero, preso dalla scatola che Lorenzo aveva rubato nelle cucine, ma quella stazza inconfondibile si sarebbe vista, anche in un buio più fitto, se fosse stata nei paraggi.

"Quel maledetto si è portato via la carne!" la scoperta di Lorenzo dissipò definitivamente i dubbi. Li aveva proprio abbandonati.

"Certo, con te che non gli davi mai ragione," commentò amaro Nino.

"Ah, ora sarebbe colpa mia?"

"Se litigavate meno, magari restava!"

"Stiamo meglio senza di lui," tagliò corto Lorenzo.

E senza carne, pensò Nino, ma prima che potesse dirlo si sentì uno sparo. Vicino, troppo vicino. Uno sparo, e delle grida.

"Lo hanno beccato," Lorenzo si tese immobile, come fiutando l'aria.

"Forse sono dei cacciatori," sussurrò Nino, tremante, ma non ci credeva neanche lui. I cacciatori non gridavano, o almeno non così.

"Sono i nazisti. Hanno visto il fumo e adesso hanno beccato quel vigliacco." Lorenzo si chinò a raccogliere la sua borsa. "Andiamo, veloce."

Nino gettò uno sguardo ai resti sul terreno. "E la capra?"

"Al diavolo la capra. Se ne trova un'altra." Lorenzo si stava già allontanando, inoltrandosi nel bosco in direzione opposta a quella da cui avevano sentito i rumori.

Nino si abbassò in fretta, afferrò a casaccio un osso con qualche brandello di carne attaccato e se lo ficcò in tasca, poi seguì l'amico. Non si udiva più nulla: forse il Piemontese era morto sul colpo, o forse i tedeschi lo avevano lasciato in vita per farsi condurre fino a loro due. Nino pregò che fosse morto, poi si dispiacque di quel pensiero e si fece di nuovo il segno della croce, rapidamente, mentre l'oscurità si richiudeva sopra i loro passi in fuga.

7.

Nino chiuse gli occhi giusto in tempo perché il sassolino non ci entrasse. Gli sbatté invece contro la palpebra, dolorosamente, producendo un lampo rosso, e volò via, pronto a fare altri danni. Il vento sollevava di tutto: foglie secche, terra, pietrisco e glieli scagliava addosso. Spingeva forte contro il suo corpo, come se volesse ricacciarlo indietro. Lui, piegato in avanti, resisteva, tagliava l'aria anche per Lorenzo, che gli arrancava dietro.

"Bell'accoglienza, grazie Italia," brontolò il suo amico. Nino non ci fece caso, il vento si portava via pure i lamenti. Chissà se era vero che erano arrivati in Italia, senza incontrare barriere né guardie né recinzioni. Lui aveva dei dubbi. Certo, dopo la cattura del Piemontese avevano camminato quasi senza sosta, per paura di essere raggiunti e presi anche loro, ma non vedeva niente di diverso nel paesaggio che stavano attraversando. Non avrebbe dovuto avere un'aria più italiana? La patria non avrebbe dovuto farsi riconoscere?

"Fermati un attimo," gli disse Lorenzo, mentre costeggiavano una formazione di rocce che faceva da barriera. Si piegò a esaminarsi i piedi, avvolti negli stracci e infilati negli zoccoli, come quelli di Nino. Per fortuna, almeno quei brandelli di coperta il Piemontese glieli aveva lasciati, o a questo punto della marcia avrebbero avuto i piedi ancora più piagati e gonfi.

Si appoggiarono dritti contro la roccia, quasi timorosi che il vento potesse girarci attorno e venire a cercarli.

"Ma come fai a dire che siamo in Italia?" domandò Nino.
"C'è la mappa, no? Lo dice la mappa."
"Sembra tutto uguale a prima."
"Il fango è fango, mica cambia," sentenziò Lorenzo. "L'importante è che ora possiamo trovare da mangiare."
"E dove?" Anche gli animali erano gli stessi, pensava Nino, improbabile che quelli italiani avessero più voglia di farsi catturare.
"Cerchiamo una casa, chiediamo alle persone." In sosta, fuori dallo schiaffo dell'aria, l'amico faceva il disinvolto. "Questi mica parlano tedesco. Con questi ci si spiega, ci aiuteranno."
Non aveva torto. Se davvero erano in Italia, avrebbero incontrato dei connazionali. Per un attimo, la paura che fin lì aveva morso i calcagni di Nino si allentò: gli italiani si aiutavano sempre fra di loro. Pensò allo zio Pietro, che se n'era andato fino a Buenos Aires: anche laggiù aveva trovato qualcuno della sua terra disposto a dargli una mano, glielo aveva detto suo padre. Nessuno aveva mai capito perché fosse andato via di casa, in una notte dei suoi vent'anni, senza dir nulla a nessuno, ma tutti avevano sempre pensato che c'entrasse la politica e si erano aspettati di ricevere notizie da qualcuno dei suoi compagni. Invece un bel giorno si era presentata a casa una suora di mezz'età, a dire alla famiglia che Pietro stava bene, e stava in Argentina, e li salutava. Molto altro non erano riusciti a sapere. La natura dei rapporti di zio Pietro con la religiosa era rimasta un mistero.
"Chissà se incontreremo delle suore," mormorò Nino, seguendo distrattamente il filo di quel pensiero. Lorenzo lo guardò strano.
"Cioè di tutte le donne che potremmo incontrare, tu pensi alle suore?" chiese, incerto tra il riso e la preoccupazione.
"Dicevo per dire," arrossì Nino. Inutile stargli a spiegare dello zio Pietro e di Buenos Aires.
"Tu sei malato." L'amico si rimise dritto a fatica. "Andiamo a cercare la tua suora, allora, va'."
Ripresero il cammino e il vento, che nel frattempo però

era cambiato. Sempre gelido e violento, adesso era come se li sospingesse da dietro. Gli alleviava la fatica. Sì, forse era proprio un vento italiano.

"Dimmi, ma tu qual è la prima cosa che farai appena arrivato a casa?" chiese Lorenzo mentre procedevano a vele spiegate. Il sentiero era pure in discesa e malgrado il freddo che pungeva il viso si sentivano quasi di buonumore.

"Be', salutare tutti," rispose Nino dopo averci un po' pensato. L'altro scoppiò a ridere.

"Salutare! E magari gli fai anche l'inchino!"

"Ma no, era per dire... abbracciarli, insomma," mugugnò Nino. I gesti erano gesti, non c'era mica bisogno di dirli.

"Eh, soprattutto tua moglie, scommetto," Lorenzo sogghignò allusivo. "Ne avrai, degli arretrati... e spera che li abbia anche lei!"

"E tu cosa farai?" si informò in fretta Nino, più che altro per cambiare argomento.

"Io farò così. Innanzitutto, sarà pomeriggio," cominciò Lorenzo nel tono di chi racconta una storia già accaduta mille volte, anche se solo nella sua mente, e può decidere se è mattina o pomeriggio, perché quella storia è la sua. "Andrò subito alla drogheria di mio padre, e prima guarderò bene che non ci sia nessuno dentro, e magari che il vecchio si sia un attimo assopito dietro al bancone, cosa che gli capita spesso. E allora entrerò facendo rumore con la porta, e facendo suonare il campanello che annuncia i clienti, così", la mano di Lorenzo mimò nell'aria il gesto irruento di aprire il battente. "E lui si sveglierà di soprassalto. Se sono fortunato, potrebbe pure cadere dalla sedia."

"Ma perché vuoi far cadere tuo padre dalla sedia?"

"Perché fa più effetto, no?" Gli occhi di Lorenzo brillavano, era già in quel piccolo negozio, circondato dagli odori delle spezie, dei saponi, del detersivo forte con cui sua madre strofinava il pavimento. "E lui di sicuro non mi riconoscerà subito, perché non ci vede bene, e mi chiederà *Desidera?*, cercando di darsi un contegno perché gli secca far vedere che s'è addormentato. E allora gli dirò *Non mi riconosci?* E lui... lui tirerà su il bancone e salterà fuori e chiamerà tutti giù dal piano di sopra, arriveranno mia madre, mia sorella, i miei fratelli." Lorenzo deglutì forte. "E poi... e poi io mi farò dare una caramella al rabarbaro."

Tacque, gli occhi fissi davanti a sé, e Nino abbassò i suoi a guardargli le mani. Si muovevano, le mani di Lorenzo, stavano scartando la caramella.

"Non ho mai mangiato una caramella al rabarbaro," disse piano, alla fine, quando valutò che Lorenzo avesse finito di gustarsela con la mente.

"Sono buone... sono dolci ma un po' pungenti, e un po' pastose, e restano in bocca del tempo e fanno bene, mia mamma me le dà anche quando ho il mal di pancia."

"Allora sono utili."

Lorenzo annuì. "Sono buone," aggiunse semplicemente, e si passò le dita sulla bocca, come per pulirla.

Quando arrivarono in vista del casale, era già scuro. Era una casa di campagna isolata, a due piani, con un portico sgangherato che correva lungo tutta la facciata e la stalla messa a L su un lato. Nino immaginò che la mattina da una porta uscissero le persone e dall'altra le mucche, a darsi il buongiorno sul piazzale.

"Ma c'è qualcuno dentro?" Acquattati al limitare del bosco, incerti se attraversare il tratto di prato che li separava dall'edificio, cercavano di indovinare le luci alle finestre del piano terra, sotto il portico buio.

"Secondo me esce del fumo dal camino," bisbigliò Lorenzo di rimando.

Nino riusciva a stento a scorgere il comignolo, ma decise di credergli sulla parola.

"Va be', allora mettiamoci a dormire. Non possiamo mica andare a bussare a quest'ora."

"Ma quale ora, saranno le sette," sbuffò Lorenzo. "Staranno mangiando... magari danno un piatto di minestra anche a noi."

Per giorni avevano fatto bollire l'osso della capra e poi lo avevano succhiato, spezzato, morso fino a farsi male ai denti. Delle due tascate di rape dimenticate ai bordi di un campo, che erano riusciti a cavare dalla terra, non era rimasto niente, nemmeno le foglie. Non mangiavano dalla mattina e in effetti la preoccupazione di disturbare quelle persone sembrava futile, rispetto a quella di morire di fame nella notte.

"Vado io," decise Lorenzo. "Se ci vedono in due si spaventano, tu poi sembri un tedesco."

Nino non protestò. All'idea di incontrare altri esseri umani, per quanto amichevoli, gli si annodava lo stomaco. Aveva la testa troppo piena di esseri umani che gridavano, che picchiavano, che sparavano. E poi non aveva la parlantina di Lorenzo, che sarebbe stato molto più efficace.

"Ma sei sicuro?" indagò tuttavia. Un po' gli dispiaceva che la fatica la dovesse fare tutta il suo amico.

"Sono contadini, mica è una caserma, non mi fanno niente." Lorenzo uscì dal folto degli alberi e si avviò attraverso il prato a grandi passi sicuri, la schiena dritta. Alzò entrambe le braccia, a dichiararsi disarmato, casomai qualcuno stesse guardando dalle finestre.

"Oh, voi, in casa!"

Era arrivato a pochi passi dal portico, e Nino si era quasi deciso a seguirlo, quando lo vide fermarsi, agitare le mani in aria. Mosse due passi all'indietro e gridò qualcosa ma era troppo lontano per capirlo. Lo sparo, invece, Nino lo sentì bene. Lorenzo si stava girando per fuggire quando il colpo lo raggiunse e lo abbatté.

8.

Nino era paralizzato. Gambe, braccia, occhi, gola. Non c'era una singola parte di lui in grado di muoversi, urlare, pensare. Nel buio fitto, molto più fitto di pochi secondi prima, riusciva a malapena a distinguere la sagoma immobile di Lorenzo e non era in grado di staccare lo sguardo da quel punto. Forse qualcuno stava uscendo dalla casa, forse sarebbero venuti a cercare anche lui, forse lo avrebbero ucciso come avevano ucciso il suo amico, ma Nino non poteva scappare. Poteva solo attendere che passassero abbastanza minuti, ore e giorni per accettare la cosa insensata che era appena successa.

Poi, la sagoma nell'erba si mosse e cominciò a strisciare verso il bosco. Allora anche gli occhi di Nino si mossero, per scrutare la casa, e controllare se spuntavano esseri umani, magari armati. Ma se non aveva visto chi aveva sparato il primo colpo, gli sarebbe sfuggito anche il secondo, quello finale.

Lorenzo si muoveva con lentezza, trascinando una gamba, facendo forza sugli avambracci. Quando fu più vicino alzò gli occhi a cercare Nino, e solo allora lui uscì dalla sua paralisi. Un unico passo titubante, chino, che lo portò fuori dal riparo degli alberi e a tendere le braccia verso l'amico per tirarlo al sicuro accanto a sé, metterlo a sedere contro un tronco.

"Mi hanno preso alla gamba," rantolò Lorenzo. Si guardò la mano premuta in alto sulla coscia, con il sangue che filtrava abbondante tra le dita, e piegò le labbra senza più dubbi.

"Ora l'aggiustiamo." Nino si tolse la giacca, poi la maglia

di cui fece un tampone da premere sulla ferita. Era su, sulla gamba, quasi all'inguine.

"Non s'aggiusta." Lorenzo aveva visto squarci come quelli, in guerra. Aveva già nelle orecchie il rumore che fa la vita quando defluisce.

"Ma cosa dici. Ora smette di sanguinare, e ce ne andiamo via da qua."

"Tu te ne vai via da qua." Lorenzo guardò la testa bionda dell'amico, si pulì una mano sui vestiti e si frugò nella giacca. "To', prendi la mappa."

Nino alzò uno sguardo sconvolto.

"Ma la sai leggere solo tu!"

"E allora impari," fece l'altro severo. Poi chiuse gli occhi, la testa abbandonata contro il tronco. "Quando arrivi a casa magari... manda una lettera ai miei," disse, e poi non disse più nulla.

Nino si sedette con la schiena contro lo stesso albero e gli tenne la mano finché non diventò fredda. Solo allora si alzò per scappare.

Per tutto il giorno, Nino incontrò solo macerie. Erano diroccate le case e le stalle, erano in pezzi i fienili, i campanili e i ponti, erano sconnesse le strade. Piano piano, il paesaggio si faceva meno scosceso ma infinitamente più devastato. In tutte quelle ore, non vide nemmeno una persona e d'altra parte proprio per evitarle si teneva tra gli alberi, scrutando quei segni di civiltà distrutta negli spazi fra i tronchi e i rami. Nei pochi tratti esposti, privi di vegetazione, Nino strisciava, come aveva strisciato Lorenzo. Si sentiva altrettanto morto.

Toccava gli alberi e non erano i tronchi grigi dei faggi ma quelli generosi dei frassini. Era con Ignazio, faceva caldo dappertutto ma non lì nel bosco, dove si stava al fresco. Il suo amico stava davanti perché a lui, anche se correva meno veloce, piaceva precederlo e godersi il senso dell'avventura. C'erano di sicuro già dei funghi, nascosti in angoli noti solo a suo zio Leonardo, che voleva aprire una trattoria e dal bosco sapeva raccogliere qualsiasi cosa. Stavano maturando le more negli intrichi dei rovi. Ma lui e Ignazio oggi avevano un lavoro da adulti, andavano con gli altri a raccogliere la manna. I genitori gli avevano dato i mannaruoli, i coltellini, e insegnato a fare le incisioni. E i frassini feriti avrebbero colato manna da raccogliere dentro le vaschette e poi da vendere. Un barattolo a testa sarebbe stata la loro ricompensa, da conservare per fare i dolci o per quando si aveva mal di pancia.

Nino camminava verso il suo lavoro della giornata in quel mattino d'estate, non sentiva ancora il caldo né la fatica ma solo la fierezza di fare una cosa utile e di riportare a casa un po' di manna.

"Che, ti sei distratto? Dai, fischietta anche tu!" lo riprendeva Ignazio. Nino non si era accorto che l'amico stava fischiettando la loro musichetta, quella che dava un ritmo e un'allegria ai passi nelle camminate.

Si metteva a fischiettare, prima piano, poi più convinto. Pensandoci abbastanza forte, di sicuro sarebbe riuscito a sentire il gusto dolce della manna sulla punta della lingua.

Invece in bocca aveva solo il sapore del sangue, perché si era morso un labbro. E a fischiettare non ci pensava proprio. Nino procedeva sotto la pioggia sottile di una giornata cupa, non mangiava quasi niente da due giorni. Aveva bevuto da un ruscello ma non c'era niente di commestibile sulla riva, solo sterpaglia e fango. E non osava avvicinarsi nemmeno al bordo dei campi, per cercare di spigolare qualcosa: non finché c'era luce. Gli avrebbero sicuramente sparato.

Era già pomeriggio inoltrato quando si azzardò a sedersi su un tronco caduto per riposarsi un po'. Si strinse nella giacca dandosi dello stupido: avrebbe dovuto prendere i vestiti di Lorenzo, tanto a lui non servivano più. Invece gli aveva chiuso gli occhi, lo aveva sdraiato composto, con le mani incrociate sul petto, e aveva abbandonato accanto al corpo dell'amico anche la propria maglia, inutilmente intrisa di sangue. Ora indossava solo la giacca sopra il petto nudo, e aveva freddissimo e qualunque salvezza appariva impossibile.

Dalla borsa di Lorenzo tirò fuori la sua mappa. Non voleva che si bagnasse, ma aveva smesso di piovere e Nino riuscì a dispiegarla tutta. Doveva imparare a leggerla e trovare una strada principale da seguire a distanza, guardando i cartelli, come faceva Lorenzo. Tracciò con un dito e con il magone il percorso segnato in rosso che portava a Piombino e che ora era diventato così inutile, poi proseguì con lo sguardo fino a toccare il triangolo della Sicilia, giù in fondo. Era più lontana di quanto fosse mai stata.

Fu l'amico a fargli coraggio, quando vide il fienile. Lo sentì distintamente nella testa, come se avesse parlato: *E dai, tanto, peggio di così.*

La casa era abbastanza lontana dal fienile, che era invece abbastanza vicino al bosco: sarebbero bastati pochi passi per sgattaiolare dentro. Nino aveva bisogno di un riparo, di dormire, e di qualcosa da mangiare, disperatamente. Quell'edificio, per quanto rischioso da raggiungere, garantiva almeno le prime due cose.

Garantì anche la terza.

Quando fu scesa la notte e si furono accese le luci nel casale, Nino scivolò all'interno del fienile. Non era certo caldo, ma almeno non era troppo umido e il profumo del fieno dava un'impressione di tepore. E sotto una vecchia tela cerata, Nino scovò incredulo due cassette di noci.

La mattina, quando dopo un sonno rotto dalla paura sgusciò fuori per riprendere la strada, aveva le tasche e la borsa piene di noci e sottobraccio, piegata accuratamente, la tela cerata. Erano i regali di Lorenzo.

9.

Nino si rendeva conto di non aver mai avuto fame, prima. Aveva creduto di averne, tante volte, ma si era sempre sbagliato, perché quella era un'altra cosa. La fame che aveva provato da bambino aspettando la cena, quella sentita in guerra dopo le giornate di marcia, persino la fame del campo che lo aveva tormentato ogni secondo erano solo sensazioni, ora lo capiva. La fame vera era una presenza, fissa al tuo fianco, impossibile da scacciare o da ignorare. Qualcosa di fisico, di reale come i tronchi degli alberi, come i sassi. E di tormentoso.

Le noci erano finite: quando, un giorno prima, due, sette? Nino aveva perso il conto dei giorni di cammino ma immaginava che la fame li stesse tenendo per lui. Contava alla rovescia, la fame, fino al minuto zero in cui lui sarebbe crollato a terra senza riuscire a muovere più neanche un muscolo.

Del tempo passato e di tutti i chilometri percorsi, Nino ricordava a stento dei momenti. Quando aveva rubato una tuta da lavoro stesa ad asciugare, troppo grande per lui, ma che lo aveva confortato con il calore in più di un altro strato di stoffa addosso, imbottita con un po' di fieno. Quando aveva incontrato i due bambini che giocavano, forse anche loro per tenere a bada la fame: lo avevano fissato stupefatti per poi gridare "Mamma! Mamma! Lo spaventapasseri!". Il gesto della madre che li aveva chiamati a sé per poi allontanarsi di fretta, quello sguardo atterrito in cui Nino aveva riconosciuto, riflesso, il proprio. Ricordava quasi ogni ruscello che lo aveva dissetato e le poche radici commestibili che era riuscito a strappare alla terra e le formiche che aveva assaggiato. Gli sembrava che tutto sommato non fossero cattive, ma forse era la fame che ricordava per lui.

Era così stremato che ormai procedeva in vista della strada, senza cercare più di tanto di nascondersi, buttandosi per terra o in un fosso quando sentiva dei rumori avvicinarsi. Come ora. Un'auto.

I tedeschi avevano auto. Ne aveva viste passare da lontano, auto e moto naziste. Ma non aveva fatto pace, l'Italia, con gli Alleati? Era successo mesi fa. Perché allora c'erano più tedeschi di prima?

Nino tenne la faccia premuta contro la terra fino a che il rumore dell'auto si allontanò. Non avevano nemmeno rallentato: se anche lo avevano visto, di sicuro lo avevano scambiato per un cadavere.

Non riusciva più a rialzarsi. La fame lo schiacciava giù, come se gli tenesse un braccio pesante addosso. *Non alzarti, non ricominciare a camminare, tanto non ce la fai.* Perché insistere?

Mosse solo una mano, insinuandola nei pantaloni fino a toccare il bordo di un pezzetto di carta. Si sollevò su un gomito e tirò piano piano, con attenzione, senza strappare. Poi la avvicinò al viso per guardarla. La foto.

Ricordava benissimo quando l'avevano fatta, anni prima, non c'era ancora la guerra. Erano i giorni della Targa Florio, l'evento più emozionante dell'anno, che segnava ufficialmente, e trionfalmente, l'inizio della bella stagione. Era la corsa automobilistica più importante della Sicilia, e per quanto lo riguardava dell'Italia intera, e passava proprio dalle Madonie. Suo padre lo aveva accompagnato a veder sfrecciare Tazio Nuvolari, aveva portato solo lui. Anna avrebbe voluto venire ma le auto erano una cosa da uomini, e lei era rimasta a casa. Poi era arrivata la guerra e l'unica gara era diventata quella a chi moriva per ultimo.

Per la Targa Florio, sulle loro montagne si radunava il mondo: turisti, curiosi, appassionati, perfino la stampa. E proprio a uno di quei fotografi suo padre aveva chiesto di scattare una foto alla famiglia, davanti alla panetteria, tutti insieme. Non lo avevano mai fatto prima e Nino ricordava quanto si era sentito importante. Era dritto e impettito e con il sorriso più grande di tutti, perché ci teneva a far vedere che era proprio contento, fiero della sua famiglia e dell'insegna sopra le loro teste, grande e lustra: PANIFICIO CERAMI.

Passò piano un dito sull'immagine, indugiando sul viso di sua madre. Aveva un sorriso uguale al suo. Che belle erano le loro facce, lì una vicina all'altra, al sicuro.

Anche lui doveva tornare al sicuro.

Si risollevò in ginocchio. Ma in quel momento sentì un altro rumore. Era un aereo. Più di un aereo. Nino si ributtò per terra, le mani sulla testa. Non poteva fare altro, tanto, non c'erano rifugi in vista. Si azzardò a girare rapidamente il capo, a destra e a sinistra. Non c'era assolutamente niente: né ponti, né binari, nessun bersaglio. Poteva sperare che non stessero venendo a bombardare proprio lui e lo sperò fortissimo, mentre il rumore dei motori diventava intenso, poi assordante, e dopo un tempo eterno in cui di aerei sembravano esserne passati a centinaia, finalmente, cominciò a scemare. Poi, più lontano, sentì le bombe.

Nino balzò in piedi, prese per mano la fame e si mise a correre.

E corse come un pazzo, inseguito dal suono di quei motori e di quelle esplosioni che non gli usciva dalla testa. Corse per ore. Corse fino ad andare quasi a sbattere contro una chiesetta. Bianca, con il tetto spiovente e in cima, in mezzo, due archi in cui una volta dovevano esserci state le campane, ma ora c'era solo cielo. Lì si fermò: strano posto per una chiesa, non c'è neanche una casa intorno, pensò. Poi le gambe lo abbandonarono e cadde a terra.

Quando riprese i sensi era ancora lì, buttato di traverso davanti al portone della chiesa, aveva un freddo terribile e stava scendendo il buio. Si alzò, provò a spingere il battente senza sperarci troppo e invece quello si mosse, si aprì.

L'interno era semplice, lavato di bianco, e quasi vuoto. Due file da tre panche scure, poco rifinite. Una cappelletta laterale con un quadro della Madonna e un inginocchiatoio. L'altare, in fondo, senza fiori né candele, solo un ruvido crocifisso di legno. E accanto a quello una porticina. Nino avanzò sul pavimento di pietra, con la testa piena di silenzio dove prima c'era stato il rumore delle bombe. Si fece il segno della croce davanti a Gesù, prima di abbassare quella maniglia.

La canonica era una stanzetta modestissima, con un paio di armadi scuri e una credenza. Nei mobili pendevano pochi paramenti sacri, due tonache nere e due camicie bianche di una stoffa grezza, pesante. Nino ne prese una.

"San Martino me l'avrebbe data," mormorò a mo' di scuse. Sua madre adorava le storie dei santi e gliele aveva sempre raccontate al posto delle favole, quella di san Martino era una delle sue preferite. Nino si infilò la camicia sopra la tuta da lavoro e sotto la giacca e poi andò ad aprire la credenza, che come aveva immaginato conteneva delle ostie, spesse e un po' grezze, come la camicia.

Se non stavano nel tabernacolo non erano ancora benedette, glielo aveva spiegato il parroco tanto tempo prima, quando faceva il chierichetto. Quindi poteva mangiarle anche senza la comunione. Comunque, la fame non gli dava alternative.

Quando tornò nella chiesetta, con la camicia addosso e le ostie nella pancia, si sentiva quasi bene. Non era certo sazio, né al caldo, ma la fame sembrava essersi allontanata dal suo fianco e forse lo avrebbe lasciato riposare. Si accoccolò nella cappelletta, sotto il quadro della Madonna, seminascosto dietro l'inginocchiatoio, e si addormentò.

Lo svegliò un urlo, lancinante, di donna.

"Aaaah! Aiuto!"

Nino balzò in piedi. Una signora con i capelli bianchi, vestita di nero, era in piedi a pochi passi da lui con un secchio in una mano e uno strofinaccio per lavare i pavimenti nell'altra, tenuto alto e brandito contro di lui. Sembrava la parodia di un aspersorio.

"Vattene! Vattene! Aiuto!" non smetteva di strillare.

"Signora, non faccio niente di male," mormorò Nino, ma gli uscì solo un mugugno e quando fece un passo verso di lei, per cercare di rassicurarla, quella urlò ancora più forte.

Presto sarebbe arrivato il prete e lo avrebbe trovato con addosso la sua camicia. Non gli restava che scappare.

Ormai era la cosa che sapeva fare meglio.

10.

Lo sguardo del furetto era ipnotico. Nino fissava quegli occhietti furbi e poi guardava suo zio, che per qualche motivo in tenuta da caccia gli sembrava più alto, forse erano gli stivali.

"Non posso venire con voi?" chiedeva Nino, includendo in quel "voi" anche il furetto, come vero e proprio membro della spedizione. D'altra parte, lo zio amava il furetto probabilmente più di sua moglie. Gli dava da mangiare pezzetti di formaggio con le mani e lo accarezzava sempre, prima di liberarlo nelle tane dei conigli.

"Potrai venire quando sarai più grande," rispondeva il cacciatore.

"Ma tu non dovresti essere già morto?" domandava il furetto.

E a questo punto Nino spalancò gli occhi e si trovò a tu per tu con un musetto peloso.

Fare un balzo indietro da sdraiato non è un'impresa semplice, ma Nino ci riuscì, passando dal sonno al terrore in pochi secondi. Spaventato a sua volta, l'animale sfrecciò via nella boscaglia.

Non era un furetto, pensò Nino mentre la coda scompariva per ultima, in un guizzo rossiccio: forse un cane in cerca di compagnia o forse una volpe. Chissà da quanto era lì ad annusarlo, per forza gli era apparso in sogno il furetto di suo zio.

Si alzò, malfermo sulle gambe. Le sentiva deboli come se gliele avessero date solo in prestito, ma non c'era da stupirsene, con la notte che aveva passato. La dissenteria lo tormentava da un pezzo e dopo l'ultima scarica di crampi, quando era crollato nel suo precario rifugio di cespugli, si era davvero convinto che non si sarebbe più svegliato. I sogni avevano fatto il resto, insieme alla fascinazione che provava da bambino per quella cesta di vimini in cui suo zio Sebastiano, grande cacciatore, portava l'adorato furetto.

Si guardò intorno nervosamente, chinandosi ad afferrare la borsa. Un animale selvatico reso audace dalla fame non era l'incontro peggiore che avrebbe potuto fare, anzi, era quasi il più desiderabile. Il sole già alto gli diceva che aveva dormito troppo a lungo. Le gemme che cominciavano a gonfiarsi sui rami lo avvertivano che era in cammino già da mesi, anche se non sapeva quanti.

A giudicare dalla mappa di Nino, ammesso che la stesse davvero leggendo nel modo giusto, si stava avvicinando alla fine della linea rossa. Gli venne il magone pensando all'amico, a quanto sarebbe stato contento di essere così vicino alla sua meta, a Piombino. Ma adesso andare a Piombino non serviva più e la destinazione di Nino, la Sicilia, era lontana, in fondo alla penisola. Molli o non molli, le gambe avrebbero dovuto portarlo per centinaia di chilometri ancora.

Negli ultimi giorni aveva proceduto più lentamente, perché doveva buttarsi più spesso a terra o tra gli sterpi. Il paesaggio si era fatto più affollato, aveva visto passare persino due colonne di carri armati tedeschi. Aveva osservato da lontano posti di blocco, un pezzo di linea fortificata con le trincee e il filo spinato, ma nessun soldato italiano. Gli sembrava chiaro, ormai, che i nazisti non se n'erano affatto andati dall'Italia, anzi forse l'avevano conquistata.

Lo stomaco brontolò, ricordandogli che nelle ultime ventiquattr'ore aveva mangiato solo qualche pugno di tarassaco bollito. E prima era stato male per almeno due giorni, senza riuscire a muoversi se non per andare a liberarsi più distante possibile, in una buca accanto a un albero, concimato ormai ben oltre il necessario.

Tutta colpa di quel maledetto pesce. Era sembrata una

buona idea, vedendo la trota nel ruscello, provare a pescarla con le mani. Le aveva immerse nell'acqua gelida, avvicinandole con cautela, e quando aveva buttato il pesce in aria e lo aveva visto ricadere sulla riva contorcendosi, aveva provato un senso di trionfo. Lo aveva cotto su un fuocherello che si era azzardato ad accendere cercando di non pensare alla sorte del Piemontese, ma la paura era troppo forte e aveva spento il fuoco troppo presto. Il pesce mezzo crudo si era vendicato sul suo intestino, crudelmente.

Ora il peggio pareva passato e Nino si sentiva del tutto svuotato, ma la pancia gli si contorceva ancora, a tratti, per il dolore. Gli bastò meno di un'ora per capire che non ce l'avrebbe fatta ad andare lontano. Doveva trovare un rifugio in cui riprendersi, altrimenti tanto valeva sdraiarsi e diventare la cena della prossima volpe.

Se Nino non avesse avuto così tanta fame, se le gambe lo avessero sorretto appena un po' meglio, intravedendo una costruzione tra gli alberi avrebbe girato al largo, come al solito. Invece, imboccò cauto una specie di sentiero che conduceva proprio in quella direzione. Ora non era solo la stanchezza a rallentargli il passo. Era la paura. Difficile, anzi impossibile avvicinarsi a una casa senza ricordare Lorenzo, le sue mani alzate, lo sparo. Deglutì, con un sapore in bocca che forse era determinazione e forse solo bile. E arrivò al limitare degli alberi.

Qualcosa gli sfrecciò accanto all'orecchio, vicinissimo.

Nino si gettò a terra.

Passarono attimi e forse minuti, prima che si azzardasse a rialzare la testa, e la rialzò proprio mentre passava in volo un altro piccione.

La torretta quadrata che sovrastava la costruzione era una piccionaia, nel buco tondo tra i mattoni Nino riusciva a distinguere un terzo volatile. Sentì allentarsi per un istante la paura, senza un motivo: certo, i piccioni erano animali inoffensivi, ma il padrone dei piccioni probabilmente no. Se dopo tutti quegli anni di guerra aveva in casa dei pennuti ancora vivi, doveva essere anzi ben pronto a sparare a vista. Nino si voltò per scivolare di nuovo nel sottobosco.

In quel momento, il suo stomaco brontolò ancora, più forte, e nella mente gli apparve l'immagine più semplice e perfetta del creato. Un uovo.

Nino esitò. Fissò di nuovo il foro rotondo della torretta. Prima ancora che potesse elaborare una strategia precisa per entrare nella piccionaia, le gambe lo avevano già portato oltre il riparo degli alberi.

La piccionaia non si poteva definire pulita. Sua madre lo avrebbe sicuramente avvertito di non toccare quella robaccia, che lo sporco degli uccelli porta malattie.

"Lo so, mamma." Si accorse di averlo detto ad alta voce solo perché il piccione lo guardò con aria interrogativa. Era l'unico occupante, al momento, di quella costruzione dall'aria solida, ma non poteva essere il solo superstite, se non altro perché non avrebbe potuto produrre tutto quel guano.

Come prima cosa, Nino si mise a caccia di uova, rovistando sui piccoli ripiani polverosi incrostati di bianco e grigio. Nessuna fortuna, magari il proprietario era già passato di lì. Forse, allora, non sarebbe tornato così presto.

Certo era dura, con lo stomaco che brontolava. Allungò attento una mano verso il piccione ma quello frullò via, interpretando correttamente il suo sguardo affamato. Rimase a guardarlo da un'altezza irraggiungibile, senza aver l'aria di essersela presa. Nino sospirò e stese a terra in un angolo la sua tela cerata, sdraiandosi supino. Nello spazio alto e vasto la luce si affievoliva e si infittiva il silenzio. Sembrava l'ultima sera del mondo e, senza offesa per il piccione, Nino si sentì solo. Ma si addormentò quasi subito.

Si svegliò con un fucile piantato contro il petto.

11.

"Chi sei?"

Nino sbatté solo ed esclusivamente le palpebre, non azzardandosi a muovere altro. Ma non era una risposta, e la canna del fucile premette più forte contro il suo sterno.

"Chi sei? Da dove arrivi? Rispondi!"

Lui aprì la bocca ma non uscì neanche un suono. Era certo che quel fucile avrebbe sparato da un momento all'altro e si sentiva già morto. In più, non riusciva a capacitarsi che in fondo a quel fucile ci fosse una donna. Indossava un paio di pantalonacci, un paio di scarpacce, una camiciaccia da uomo, ma era una donna.

"Alzati! Avanti!" lo incitò con un tono che nulla aveva di femminile.

Nino obbedì, le mani alzate, la schiena un po' curva come per dichiararsi inoffensivo.

"Non parli italiano, eh?" la sconosciuta girò appena la testa, ma senza perderlo d'occhio, per gettar voce a qualcuno dietro di sé, o fuori dalla stanza. "Ragazzi, ho trovato un tedesco!"

Nel buio, Nino non vedeva i "ragazzi", ma tanto di fucile ne bastava uno. Deglutì. Non era un tedesco, ma con quella barba rossiccia che gli era cresciuta, e il suo abbigliamento indefinibile, e la borsa tedesca rubata da Lorenzo, era difficile dimostrarlo, e la paura gli chiudeva la gola senza lasciarlo parlare. La mappa? Avrebbe potuto averla anche un tedesco, benché diretto a Piombino. La foto? Il tentativo di infilarsi una mano nelle mutande per recuperarla sarebbe stato probabilmente il suo ultimo gesto. Nino deglutì di nuovo, gli riusciva bene. La donna armata continuò a squadrarlo.

Nel silenzio, si sentì il suo stomaco brontolare.

"Hai fame, eh?" rise lei, dura. "Non t'è riuscito di rubare niente."

Sentì dei passi alle sue spalle. Due, tre uomini armati li raggiunsero. Indossavano accozzaglie di vestiti simili a quelli della donna, non sembravano soldati. Due di loro avevano al collo fazzoletti rossi, che fosse quella la loro divisa? Un segno di riconoscimento?

Gli uomini si affiancarono alla loro compagna in una fila compatta e Nino ebbe la certezza che lo avrebbero fucilato. Chiuse gli occhi immaginando il suono delle armi imbracciate e caricate. Aveva fatto due anni di guerra per morire in una piccionaia.

"Ma sei sicura che è tedesco?" chiese una voce maschile.

"Be', è biondo, non risponde, non parla," ribatté la voce femminile. "Se era dei nostri, parlava."

"Magari è muto?"

"Magari è scemo?"

Una pausa di silenzio valutò quelle ipotesi.

"Forse è sia muto sia scemo."

"Sì, ma tedesco?"

Nel dubbio, Nino continuava a tenere gli occhi chiusissimi. Le voci sembravano rudi, ma calme. Forse non gli avrebbero sparato proprio subito. Poi sentì un passo, uno spostamento d'aria, mani che lo frugavano. Trovarono il coltello a serramanico, l'unico lasciato dal Piemontese.

"Non è armato, ha solo questo. Non è un soldato."

"Va bene, ma mica possiamo lasciarlo qui. Magari è pericoloso."

"E se non fosse né scemo né muto, ma una vedetta molto furba?"

Nino sentì un altro movimento accanto a sé, poi della

stoffa sugli occhi. Lo stavano bendando. La stoffa aveva un odore di muffa e sudore. Lo stavano bendando per fucilarlo. Si chiese se avrebbero sparato tutti, o solo gli uomini. Non poteva credere che una donna gli volesse sparare, una donna come sua madre. Che lo aveva salutato sulla porta senza dire nemmeno una parola, il giorno in cui era partito, e non riusciva a non piangere anche se aveva promesso di non farlo, e le lacrime le scivolavano con rabbia sulle guance, senza che le asciugasse perché sarebbe stato come ammettere che stava piangendo. Qualche lacrima si ammucchiò anche dietro gli occhi chiusi di Nino. E nel buio nessuno poteva accorgersene, ma forse anche quelle persone avevano un fratello che un giorno se n'era andato via di casa in divisa, perché alla fine qualcuno disse:

"Però è solo un ragazzo. Anche se è tedesco. Pure se fosse un fascista muto".

"Portiamolo con noi."

Sì, sì, portatemi con voi, pensò Nino, poi si chiese: ma dove? Aprì gli occhi contro la stoffa, li richiuse. Qualcuno, forse lo stesso che l'aveva perquisito, lo prese bruscamente per un braccio.

"Vieni, su. E niente scherzi. E zitto."

L'ordine suscitò qualche breve risata.

"C'è una borsa, qui. E un telo. Roba sua."

"Non perdiamo tempo adesso. Prendi tutto e andiamo, ci guardiamo dopo."

Le orecchie di Nino percepirono un fruscio: qualcuno stava piegando la sua preziosa tela cerata. La portavano con sé. Si sentì stranamente rincuorato, come se in qualche modo ci fosse Lorenzo ad accompagnarlo. In fondo quelli erano conterranei del suo amico, no? Se solo avesse potuto parlare, mostrare loro la mappa con la riga che arrivava a Piombino. Ma apriva la bocca e gli usciva solo fiato senza voce, e aveva paura che qualcuno gli sparasse, se avesse fatto rumore.

Intruppato in quel drappello di sconosciuti scese le scale,

sentì la notte sulla pelle quando uscirono dalla piccionaia, incespicò in una pietra e venne sorretto da quelle dita dure. Cominciarono una marcia veloce attraverso gli alberi. A un certo punto, il sentiero prese a inerpicarsi, almeno un paio di volte Nino dovette ricorrere alle mani per aiutarsi su un tratto ripido. Non lo avevano nemmeno legato.

Stavano salendo di nuovo? Era un bene? Chissà se si stava allontanando dal suo percorso, se lo stavano riportando verso Nord. Altra strada, altra fatica inutile. Ma se tanto lo avessero ucciso, non importava che lo uccidessero più a nord o più a sud.

"Certo che ha delle buone gambe, il ragazzo," sentì borbottare accanto a sé. "Camminiamo da due ore e non un lamento."

"È sicuramente un crucco."

Nino incespicò di nuovo e si sforzò di emettere un mugolio di stanchezza, per sembrare più italiano. Nessuno ci fece caso. In effetti le gambe non erano troppo stanche, dopo il riposo nella piccionaia, in compenso la fame, che era stata momentaneamente allontanata dalla paura, tornava a farsi sentire.

Ci volle almeno un'altra ora di marcia prima che si fermassero. Sentì una porta aprirsi e fu spinto in un ambiente piacevolmente tiepido.

"Mettiamolo lì," disse una delle voci maschili. Lo fecero sedere in un angolo.

"Giù. Non fare movimenti falsi, capito?"

"Tienilo d'occhio tu, cerco qualcosa per legarlo."

"Secondo me non serve. È docile come un agnellino."

"O forse è solo molto furbo." Le mani di Nino vennero legate dietro la schiena, mentre i suoni attorno a lui diventavano stranamente domestici: il fuoco che si accendeva. Acqua che veniva versata. Un coltello che tagliava del pane.

Il suo stomaco brontolò di nuovo.

"Gli diamo da mangiare?"

"Ma se non ce n'è neanche per noi."

"Domani dobbiamo fare dell'altra strada, se ci casca per terra dalla fame mica possiamo portarlo in braccio."

"Se casca per terra basta spararigli."

"Non possiamo spararigli senza neanche sapere chi è. Magari è il figlio di qualcuno."

"Certo. Di un tedesco."

"Apri un po' quella borsa."

Nino tese tutti i muscoli. Non c'era granché, nella borsa, ma avrebbero trovato la mappa. Avrebbero capito che era italiano.

"Viaggia leggero, il tedesco," fu il primo commento.

"Ma viaggia con una mappa." Fruscio di foglio dispiegato. Non rompetela, pensò Nino.

"Piombino?"

"Certo, la battaglia di Piombino, te la ricordi? Ne hanno catturati a centinaia, i nazisti, dopo l'Armistizio. Te l'avevo detto che era un crucco." A Nino si fermò il cuore: invece che scagionarlo, la mappa lo accusava. Di cosa, poi? C'era stata una battaglia a Piombino? E quando?

"Però non era sulla strada per Piombino."

"Un crucco che si è perso. Oppure una sentinella."

"Ma se invece fosse un italiano muto di Piombino?"

"Eh, ma italiano dei nostri o fascista?"

"Sentite, è inutile star qui a fare i rebus. Portiamolo al Comandante e vedrà lui che farne."

Nino rilassò i muscoli della schiena contro la parete. Di lì a poco, nella stanza si diffuse un profumo celestiale di zuppa. Sentì un rivolo di bava all'angolo della bocca e mosse la testa per asciugarsi contro la spalla.

"Dagliene un po', va'."

Gli sembrarono le parole più belle che avesse mai sentito.

Gli slegarono le mani e gli diedero una ciotola e un cucchiaio. Nino avvicinò alla bocca quel liquido fumante, scottandosi la lingua con il primo sorso ansioso. Era una zuppa rada, quasi come quella del campo, ma c'era dentro del riso, e una patata. Mentre si sforzava di mangiare piano, di farla durare, qualcuno gli appoggiò su una gamba anche un pezzo di pane.

Addentandolo, Nino non riuscì più a trattenere il pianto, perché quello, per quanto secco, era pane vero, il primo che mangiava da settimane, da mesi, da prima di finire internato. Non sapeva ancora di casa, quel pane, ma almeno non sapeva di cenere.

La stoffa premuta sugli occhi assorbì le sue lacrime.

12.

Nino si sentiva quasi bene. Forse era il sole, che per la prima volta da troppi mesi intiepidiva l'aria, o forse la constatazione che il drappello a cui si accompagnava non gli aveva ancora fatto del male. Anzi, la donna in pantaloni gli aveva dato una tazza di tè con un po' di zucchero, quel mattino all'alba, prima di riprendere la marcia. E anche se non gli avevano tolto la benda dagli occhi, dopo che era inciampato in una radice e caduto, gli avevano slegato le mani, per evitare che finisse di nuovo faccia a terra.

"Non vogliamo che ci rallenti, ma non fare scherzi," gli aveva detto una voce.

E chi scherzava. Il sentiero saliva e scendeva e Nino cercava di non pensare a quello che poteva capitargli, se non avesse ritrovato la parola prima di raggiungere il misterioso Comandante. Pensarci non avrebbe fatto altro che chiudergli ancora di più la gola. Meglio concentrarsi sul ritmo dei passi, sullo scricchiolare delle foglie e sulla sensazione dell'aria non più gelida sulle guance. C'era lo stesso profumo, in quell'aria, lo stesso senso di attesa di quando fioriva il mandorlo.

Il mandorlo c'era da prima che arrivassero loro, un albero ampio e generoso nel cuore del piccolo appezzamento di terreno acquistato da suo padre ai piedi del paese. Non tutti ne avevano uno, a Petralia Soprana: un piccolo spazio tutto loro in cui coltivare qualche verdura. Lavorare nell'orto a Nino non piaceva granché: fatica per dissodare la terra, fatica per mettere a dimora le piantine, fatica per strappare le erbacce, sempre con la schiena curva. Però c'era il mandorlo: e a quello non poteva non voler bene, perché era l'albero preferito da sua madre.

"È l'albero della promessa," gli diceva. "Quello che annuncia la primavera. Ricordi Geremia?"

Sua madre andava forte anche con le storie della Bibbia, e quella di Geremia e del mandorlo gliel'aveva raccontata cento volte. "Che cosa vedi?" chiedeva Dio, e Geremia: "Vedo un ramo di mandorlo". A Nino sembrava un dialogo senza senso, ma quando a settembre raccoglieva le mandorle, altro lavoro faticoso, lo faceva volentieri, perché sapeva che per sua madre era una cosa speciale.

"T'è andata bene che non abbia voluto chiamarti Geremia," scherzava suo padre, e Nino in effetti si sentiva grato.

In una domenica di aprile, sotto il mandorlo, la tavola era apparecchiata. L'aria era ancora frizzante ma suo padre metteva in tavola una caraffa di vino rosso per tenere lontano l'ultimo freddo dell'inverno. Sua madre disponeva il pane e il formaggio, le fave con la cicoria, poi si appoggiava con la schiena contro il mandorlo, alzando una mano per toccare un ramo basso, come ad accarezzarlo. Nino era già seduto, impaziente di servirsi. Dov'erano gli altri? C'erano solo lui, sua madre e il mandorlo.

"Quando arriva papà?" chiedeva Nino.

"Arriva subito, se lo chiami," rispondeva sua madre.

"Papà! Vieni a mangiare!"

Nino sentì che i passi accanto a lui si fermavano, poi una mano sul braccio, e solo allora si rese conto di aver parlato ad alta voce.

"Ma allora sei italiano!" esclamò la donna.

"Sì," annuì lui, grato di quel monosillabo come di un miracolo. Provò ad abbozzare un sorriso per mostrare che, oltre a essere italiano, era anche inoffensivo. Si erano tutti fermati, almeno due degli uomini gli erano molto vicini, sentiva i loro respiri.

"Però non sei di qui."

"No." Nino sentì un movimento accanto a sé, poi la canna di un'arma contro il fianco.

"E da che parte stai, *italiano*?"

Non bastava essere italiani, per salvarsi. Erano stati degli italiani ad ammazzare Lorenzo, mica dei tedeschi. Aprì la bocca per spiegare a quella gente che non era un nemico.

Fu allora che risuonarono le urla, sembravano vicinissime. Urla di donna. E uno sparo. Nino si sentì prendere per un braccio mentre il gruppo affrettava il passo in quella direzione. Poi, si bloccarono di colpo, lo spinsero a terra con un movimento brusco, che gli spostò la benda da un occhio.

C'era una radura, con una casa. E fuori dalla casa, due soldati. Uno, tedesco, teneva sotto tiro un vecchio inginocchiato. Un altro, italiano, usciva dall'edificio portando una sacca rigonfia, forse cibo, oppure oggetti, o chi sa, armi. Le urla non smettevano, di paura e di dolore, perforavano la testa di Nino, insopportabili. Scosse il capo per scacciarle, portandosi le mani alle orecchie, ma non se ne andavano, ottenne solo di farsi scivolare del tutto la benda attorno al collo. Ma quei quattro non badavano a lui, erano concentrati a guardare quel che accadeva davanti alla casa. E a tirar fuori le armi.

"Quei bastardi sono solo tre," mormorò uno degli uomini.

"Sono almeno quattro," lo corresse la donna, con una smorfia amara. "Se no quelle donne non starebbero gridando."

"Adesso li facciamo diventare due," ribatté lui prendendo la mira.

Nino, con ogni muscolo teso, avrebbe voluto premere la faccia contro il terreno, o rimettersi in fretta la benda. Se li vedeva uccidere quei soldati, poi avrebbero ucciso lui, ne era sicuro. Ma non riusciva a smettere di guardare.

Gli spari furono simultanei e simultaneamente il soldato tedesco e quello italiano caddero. Uno rimase lì, senza più muoversi. L'altro si rialzò premendosi una mano contro il fianco, e si mosse verso la casa per cercare riparo, ma fu raggiunto da una fucilata alla schiena. Il vecchio che avevano tenuto sotto tiro inginocchiato a terra si era già alzato, rapidissimo, e si stava precipitando dentro l'edificio.

La donna accanto a Nino imprecò.

"Quell'idiota non ha preso neanche un'arma."

"Dobbiamo andare dentro prima che lo ammazzino."

A quel punto accadde quello che Nino temeva: tutti gli occhi si girarono verso di lui. Otto occhi, e una mano armata.

"Con questo facciamola finita, ci è solo d'impiccio," disse l'uomo con la pistola. "Si è pure tolto la benda."

Nino provò a mugolare che la benda era caduta da sola, ma la frase gli uscì strozzata, poco chiara, e comunque sovrastata dalla voce della donna.

"Non possiamo ucciderlo, dobbiamo interrogarlo."

Dalla casa si sentirono due spari. Non c'era più tempo per discutere. L'uomo sollevò la pistola e Nino si irrigidì, era finita. Ma poi, il braccio armato si limitò ad accennare a un altro dei compagni.

"Tu stai qui con lui. Bastiamo in tre", e in un attimo erano spariti.

Nino si ritrovò solo con il suo sorvegliante, per la prima volta aveva modo di guardare bene in faccia uno di quegli strani combattenti. Aveva una chioma di ricci scarmigliati, baffi e barba castani e le sopracciglia basse e spesse, e con tutto quel pelo sulla faccia era difficile capire quanti anni avesse. Gli occhi che lo fissavano di rimando, però, erano di un verde sorprendente, liquido.

"E così non sei tedesco," disse accendendosi una sigaretta. "Ma di sicuro non sei toscano. Da dove vieni?"

"Da Petralia Soprana." Nino pronunciò il nome del suo paese quasi con orgoglio.

"E dove sarebbe?"

"In Sicilia. In montagna."

Quello quasi rise: "Mica ci sono le montagne, in Sicilia!". Lo disse con una sicurezza tale che Nino gli avrebbe quasi dato ragione. D'altra parte, ci era abituato: anche al campo, i pochi a cui aveva raccontato di casa sua avevano reagito così, come se la Sicilia fosse per loro solo una distesa di poderi circondata dal mare.

"Le mie ci sono," si limitò a dire, senza insistere. Mosse la testa per allontanare un insetto che gli ronzava intorno.

"E che ci fai quassù, se sei siciliano?" chiese quello sospettoso. "La Sicilia è già libera. Sei un repubblichino?" portò la mano vicino alla pistola.

Ora che c'entrava la repubblica? Lo avevano preso per un traditore?

"No, no! Io sto col Re!" Nino scosse il capo con decisione. E in quel momento sentì un dolore intenso sotto l'occhio destro. "Aah!" si portò entrambe le mani alla faccia. "Cos'è?"

"Ti ha punto un'ape", l'uomo con la barba gli si avvicinò. "Fa' vedere."

Ma Nino era impazzito dal dolore. Era come una bruciatura. Con le mani premute sull'occhio continuava a scuotere il capo, come a voler scacciare l'insetto, o il male. Ottenne solo di colpire con una testata il setto nasale del suo sorvegliante. Si sentì un suono sgradevole e anche l'altro si prese la faccia tra le mani, piegandosi in due con una bestemmia.

Nino non ci vedeva più dall'occhio destro, ma bastava il sinistro per capire che tra pochi secondi quello gli avrebbe sparato. Si voltò e si tuffò alla cieca nel bosco, correndo con tutte le sue forze.

13.

Forse alla fin fine gli avevano sparato. Doveva essere morto senza accorgersene. Perché Nino stava vivendo all'inferno da settimane.

Chiunque avesse detto che la guerra era finita, a settembre dell'anno prima, aveva mentito. La guerra non solo continuava, ma evidentemente il principale campo di battaglia era diventato l'Italia intera. E se non era il principale, che Dio aiutasse gli altri.

Se nei primi mesi dopo la fuga dal campo era stato relativamente facile procedere anche per giorni senza incontrare nessuno, adesso era impossibile. Le strade erano percorse da mezzi civili e militari, i boschi da bande armate, le case isolate ospitavano manipoli di truppe. E ovunque, ovunque, si annidava l'orrore: interi paesi abbandonati, edifici dati alle fiamme, una fossa piena di cadaveri in cui gli era parso di riconoscere dei bambini, ma non si era fermato a guardare troppo da vicino. E poi c'erano i bombardamenti, gli sembrava che non passasse giorno senza il rumore spaventoso dei motori e, subito dopo, delle esplosioni. Intorno, quasi offensiva, fioriva una primavera sfolgorante.

Nino rimestò cupo la brodaglia di ortiche che sobbolliva sul fuoco. Aveva imparato a raccoglierle senza pungersi e scoperto che, cotte nell'acqua, producevano qualcosa che con un po' di fantasia si poteva definire una zuppa. Attraversate le montagne il paesaggio si era fatto più dolce, punteggiato di cespugli di nocciolo, e trovare delle erbe commestibili non era così difficile. Dopo la disavventura con il pesce non si era più azzardato a pescare e solo una volta era riuscito a prendere un coniglio selvatico, grazie a una trappola che gli aveva insegnato a costruire suo zio. Chissà se avrebbe mai potuto raccontargli quanto era stato bravo, come se l'era cavata da solo in quella lunga marcia. Ma allora avrebbe anche dovuto raccontargli che il giorno prima aveva rubato in un cortile la piccola pentola in cui cucinava, e a un morto i vestiti, le scarpe, la borsa con dentro un coltello, e di questo Nino non era affatto fiero. Il morto era più robusto di lui e gli abiti gli pendevano addosso, i pantaloni li aveva legati in vita con una corda, le scarpe erano imbottite con delle foglie. Quei bambini che lo avevano scambiato per uno spaventapasseri ora forse lo avrebbero chiamato pagliaccio.

"Però sto cercando di tenermi pulito," disse alla zuppa, in tono di giustificazione. Approfittava di ogni ruscello o specchio d'acqua per lavarsi, ma sapeva benissimo che sua madre sarebbe inorridita davanti a quella barbaccia incolta e ai capelli lunghi. "Sembro un selvaggio," mormorò sconsolato, sempre rivolto alla zuppa.

Ma non erano più selvaggi tutti gli altri intorno a lui, che sparavano e uccidevano e violentavano? Per giorni aveva avuto nelle orecchie le grida di quelle donne, più dolorose della puntura di ape che gli aveva gonfiato l'occhio al punto da fargli temere che non sarebbe tornato normale mai più. Per fortuna, almeno quella strana banda di combattenti lo aveva lasciato perdere senza inseguirlo, evidentemente avevano cose più importanti da fare.

Nino tirò fuori di tasca il fazzoletto rosso che era stato la sua benda. Doveva essere un pezzo della loro divisa, lo aveva scoperto quando ancora lo portava al collo e una pattuglia di tedeschi lo aveva visto da lontano e aveva sparato, inseguendolo. Non potevano aver riconosciuto nient'altro, nel suo eterogeneo abbigliamento, che quello straccio rosso che aveva lasciato lì a pendere intorno alla gola senza curarsene. Quindi, quei combattenti erano comunisti, il rosso era il loro colore.

Nino pensò allo zio Pietro, che gli cantava *Bandiera rossa* come ninna nanna, e sua madre si arrabbiava: "Finiamo nei guai," diceva. Infatti, lo zio era finito in Argentina.

A Nino della politica non era mai importato molto, solo gli sarebbe piaciuto che il Re e Mussolini non avessero fatto la guerra. Gli sarebbe piaciuto non doversene andare via di casa, non essere spaventato, stanco, inseguito, affamato. Ma al Re, a Mussolini e più in generale al mondo, di quel che desiderava lui, importava ben poco.

Tastò con le dita sotto l'elastico delle mutande: la foto, l'unica cosa che gli era rimasta. Non aveva più la sua tela cerata né la mappa con il segno rosso fino a Piombino e per giorni, dopo aver ripreso il cammino, si era sentito alla deriva. Aveva perso tutto un'altra volta, come dopo che i tedeschi lo avevano catturato e messo sul treno. Ricordava senza problemi il percorso verso la Sicilia, lo aveva guardato tante volte, ma senza una mappa, senza neppure il precario riparo di quel telone, si sentiva solo un tizio che metteva un piede davanti all'altro. Gli oggetti servono, gli oggetti ti ancorano alla realtà. Solo, allo sbando, senza quei piccoli aiuti con cui aveva scavalcato le montagne, la famiglia nella foto gli sembrava irraggiungibile.

Stava lavando con cura la sua pentola nel fiume quando sentì gli schiamazzi. Voci maschili, tante, in una lingua che non sembrava italiano, ma neanche tedesco. Era pronto a fuggire quando notò, in mezzo a quelle voci, un suono quasi dimenticato: quello di una risata. Una risata da uomo forte e chiara che gli ricordò all'istante suo zio Nino. Gran ballerino, gran conversatore, zio Nino era il preferito di Maria Assunta, a cui faceva una corte scherzosa, per tutto il tempo strizzando l'occhio al nipote, che se ne stava in disparte sognando di diventare un giorno altrettanto agile con i piedi e con le parole.

Tenendosi al riparo, Nino arrivò in vista del gruppo di uomini senza neanche rendersene conto. Erano in parecchi, lì vicino al fiume. Erano scesi dalle jeep e alcuni stavano montando delle tende, un paio erano entrati in acqua, come aveva fatto lui stesso poche ore prima. Li osservò affascinato, erano di tutti i colori: bianchi e marroni, più chiari e più scuri. Uno, alto e muscoloso, mentre usciva dal fiume gli sembrò una statua di marmo, ma nera.

Questi dovevano essere gli americani. Erano proprio come glieli avevano raccontati i commilitoni: grandi e grossi e sani, diversi da loro. Chissà che pane mangiavano, che latte bevevano, per venir su così.

Nino continuò a occhieggiare dalla sua posizione nel folto degli alberi, mentre la luce si affievoliva. Vide che tiravano fuori dei pacchettini di cartone e li aprivano, c'erano dentro altri pacchettini più piccoli, delle scatolette di latta. Doveva essere la loro cena, certo non sembrava granché per degli uomini dall'aria così ben nutrita, ma sempre meglio della zuppa di ortiche.

Lo stomaco di Nino brontolò e per un attimo immaginò di avvicinarsi a quegli uomini, per chiedere se c'era uno di quei pacchettini anche per lui. Lo avrebbero fatto sedere insieme a loro e gli avrebbero dato da mangiare, li avrebbe ascoltati parlare in quella lingua strana e ridere con la loro voce alta e forte e sicura, come suo zio.

Macché. Gli avrebbero sparato a vista. Così biondo e barbuto lo avrebbero preso per una spia tedesca o bene che andasse per un disertore. Non si sarebbero fermati a far domande e comunque non parlavano la sua lingua. Era una guerra quella, non un pranzo di famiglia sotto il mandorlo.

Nino si allontanò tra gli alberi, attento a non far rumore con foglie e rametti. Mancava solo che dopo i tedeschi e i comunisti ci si mettessero anche gli americani, a inseguirlo. Aveva la gola chiusa dal magone, rendendosi conto che l'unico contatto umano, da mesi, era stato con quei quattro combattenti che discutevano se fucilarlo o lasciarlo vivere. Niente bagni nel fiume con i commilitoni, per lui, niente risate, solo quella marcia solitaria.

Forse fu per questo che il giorno dopo si azzardò a seguire a distanza sulla strada la piccola colonna di mezzi militari degli americani, fino ad arrivare in vista di un paese. Da lontano, guardò un gruppo di donne che correvano incontro alle jeep, salutavano quei soldati. Quindi erano amici, o perlomeno considerati tali. L'Italia dunque stava con gli americani, che erano di sicuro contro i tedeschi, ma allora perché c'erano in giro così tanti tedeschi? Perché combattevano gli americani in Italia invece che in Germania? Nino non ci si raccapezzava: al campo Lorenzo gli aveva detto che in una delle baracche dei graduati c'era una radio clandestina, ma a lui non era arrivata mai nessuna notizia e, da quando lo avevano preso, la guerra gli risultava indecifrabile. Non che prima l'avesse capita proprio bene.

Ora due degli americani stavano lanciando qualcosa dalle jeep, piccoli oggetti che le donne prendevano al volo. Uno di loro fermò il mezzo su cui viaggiava e si sporse a offrire una sigaretta a una ragazza, gliela accese.

"Benvenuti! Benvenuti!" dicevano le donne, scartando e mangiando quel che avevano ricevuto, qualunque cosa fosse.

"Ciao!" salutavano i militari.

Sembrava tutto molto festoso.

Chissà se c'erano gli americani anche in Sicilia, se Maria Assunta ne aveva incontrato qualcuno. A Nino si annodò lo stomaco, erano così belli, così pieni di vita, e lui era via da così tanto tempo. E se si fosse innamorata di un americano? A Maria Assunta piaceva tanto ridere. Lo zio Nino la prendeva per la vita, la faceva girare nel ballo, e lei rideva. Forse gli americani avevano portato cibo e sigarette e allegria anche a Petralia Soprana, dopo tanta guerra, magari erano stati accolti così anche là, anche da lei. E lei si era innamorata e lo aveva dimenticato.

Immobile sul ciglio della strada, Nino guardò le jeep che entravano in paese, mentre le donne restavano a chiacchierare e a addentare il cibo degli americani. Sembrava che fosse arrivata la pace, finalmente. Ma non per lui.

14.

Da quando aveva cominciato a incrociarli, tutti i cartelli "Roma" lo facevano pensare al Papa. Lo sapeva benissimo che non doveva entrarci, a Roma, anzi, che doveva girare al largo il più possibile. Se i boschi erano pieni di militari e filo spinato e insidie, figurarsi cosa doveva essere la capitale. Un po', però, gli dispiaceva essere così vicino e non poter vedere San Pietro. Sarebbe stato qualcosa da raccontare, in particolare a sua nonna, che col Papa aveva un ottimo rapporto, e riferiva ciò che Pio XII aveva detto e fatto con il tono colloquiale con cui si dà conto delle opinioni di un amico. "Il Papa ha detto così, secondo il Papa le cose stanno cosà": mancava solo che lo chiamasse Pio. Anni prima, in agosto, aveva sentito un suo discorso alla radio e per settimane aveva ripetuto con foga: "Ha detto il Papa che tutto può essere perduto con la guerra". E il padre di Nino badava a rassicurarla che la guerra l'avrebbero fatta i tedeschi, magari i polacchi, forse gli inglesi e i francesi, ma gli italiani no, il Re li avrebbe tenuti fuori. Si era visto.

Nino esitò accanto a quell'ennesimo cartello che indicava Roma, sotto un cielo che si andava rannuvolando. Mezza giornata e ci sarebbe arrivato. Pensò agli occhi di sua nonna, che erano azzurri come i suoi, a quanto avrebbero brillato mentre lui le raccontava che era stato a San Pietro, sotto casa del Papa, per dir così. Ma era davvero troppo pericoloso e allora fece un patto con se stesso: ci avrebbe portato Maria Assunta, a Roma, quando tutta quella tragedia fosse finita. Avrebbero preso un treno e sarebbero arrivati alla stazione, senza dover aver paura di niente, e sarebbero andati a vedere San Pietro insieme. In fondo, non avevano mai avuto un viaggio di nozze, solo una notte nell'essiccatoio di suo nonno.

Si sentì rincuorato per un secondo appena, poi all'orizzonte vide comparire una colonna di mezzi. Altri soldati, chissà se tedeschi o quegli americani che sembravano buoni. Meglio non restare lì a scoprirlo, pensò correndo a rituffarsi tra gli alberi.

Ma il problema di seguire la strada da lontano è che a volte si allontana troppo, e restano solo piante e sentieri. Il pomeriggio era già inoltrato quando Nino realizzò due cose: primo, che si era perso, e secondo, che stava per scoppiare un temporale. Trovare un riparo era più importante che ritrovare la strada, in questo momento. Chissà, magari avrebbe anche potuto recuperare un altro telo come quello che aveva perso nella piccionaia, ne aveva sentito la mancanza, specialmente nei giorni di pioggia.

Così, quando intravide un edificio, invece che girare al largo si avvicinò lentamente. Un rifugio per cacciatori o una baracca qualunque avrebbe fatto al caso suo. E infatti era una baracca, poco più di un riparo di fortuna, tutta di legno e con l'aria pericolante. Perfetto, pensò Nino guardando i nuvoloni: quella specie di relitto di civiltà sicuramente non era abitato.

Era abitato.

Per fortuna aveva avuto la prudenza di guardare prima dall'unica finestra, così sporca che si potevano scorgere quasi solo ombre: la baracca era illuminata da una lampada a petrolio e c'era dentro un uomo intento a un'attività che sulle prime Nino non capì. C'era una grande pentola e c'era un tavolo, con sopra allineati dei contenitori. L'uomo sembrava intento a strizzare uno straccio, come se avesse appena fatto il bucato. Poi, però, riversava il contenuto dello straccio nei contenitori.

Formaggio. Era strano vederlo così, come un gioco di ombre in cui scomparivano i dettagli e risaltavano soltanto i movimenti, decisi e ripetitivi, ma Nino aveva visto fare il formaggio mille volte ed era di quello che si trattava.

Non avrebbe saputo dire, dopo, se fosse stata solo la fame a spingerlo, o piuttosto la familiarità di quei gesti. L'uomo stava facendo una cosa semplice, così semplice che ci voleva solo un po' di latte, un po' di caglio, un po' di tempo. Così semplice che avrebbero dovuto poterla avere tutti, anche lui, al posto della fame, della guerra, della morte. Non mangiava un pezzo di formaggio da mesi, l'ultimo era stato un boccone condiviso con Jean. Ma era normale, avere del formaggio da mettere sotto i denti. Era normale farlo e portarne una forma ai vicini. Era normale entrare in casa di qualcuno e chiederne un pezzetto. Con il pane.

Era normale avere tutto questo e non era giusto non averlo. *Con la guerra, tutto può essere perduto.* Tutto, anche il formaggio.

Nell'aria resa elettrica dalla tempesta in arrivo, Nino si ritrovò il coltello in mano senza nemmeno saperlo. Non contò i passi che lo separavano dalla porta della baracca e non misurò il gesto con cui la spalancò. Guardò se stesso nell'espressione spaventata dell'uomo, improvvisamente immobile. Nino allungò il braccio, armato del coltello rubato al morto.

"Cosa vuoi?" l'uomo tirò fuori una voce quasi stridula e solo allora Nino si accorse che non era giovane, anzi, era un vecchio. Le mani reggevano ancora lo straccio con la cagliata, mezzo strizzato, e gli occhi saettavano intorno. In cerca di un'arma, magari un bastone. Forse un coltello. Chi non lo aveva?

"Stai fermo," disse Nino. "Fermo e zitto."

Volse rapido lo sguardo intorno, anche lui. Oltre agli stampi pronti da riempire, allineati lungo le pareti ce n'erano altri. Non molti. Potevano essere pieni.

Fece un cenno con la testa a indicarli: "Dammi il formaggio".

"Non è ancora buono da mangiare," ribatté il vecchio.

"È buono." Nino indicò con il coltello una borsa, buttata su una sedia traballante. "Mettilo nella borsa."

Il vecchio lasciò andare lo straccio. Si avvicinò alla sedia.

"Non fare scherzi," lo minacciò Nino, come avevano fatto

con lui quei combattenti. Sentì la propria voce dura, come se parlasse una lingua diversa.

Il vecchio infilò una forma nella borsa. Poi ne prese un'altra. Poi esitò. Sullo scaffale ce n'erano sei o sette, Nino non vedeva bene.

"Lascia, basta," intimò. "Dammi la borsa. Butta qua. Butta!"

Il vecchio buttò, senza nascondere un certo sollievo. Quello sbandato non gli aveva preso tutto. Nino raccolse la borsa, indietreggiò lentamente verso la porta e corse fuori, poi dentro al bosco, come se quel mucchio d'ossa stagionate avesse potuto inseguirlo. Aveva fatto poche centinaia di metri quando si fermò, tirò fuori una forma, la incise con il coltello e prima ancora di portarsi alla bocca il formaggio lo annusò forte. "Non è ancora buono," aveva detto il vecchio, con l'orgoglio di chi è abituato a fare le cose per bene. Anche suo padre, Nino ne era sicuro, avrebbe detto la stessa cosa.

Esitò, con gli occhi che guardavano quella forma tonda e vedevano qualcos'altro. Poi, mentre masticava il pezzetto di formaggio, rimise il resto nella borsa e tornò sui suoi passi. La porta della baracca era ancora aperta.

Il vecchio aveva ripreso la sua attività, il suo strizzare e versare accurato, senza fretta. Trasalì, vedendolo di nuovo sulla soglia, gli occhi corsero alle forme rimaste. Ma Nino scosse la testa per rassicurarlo.

"È buono da mangiare," disse e la sua voce gli sembrò più famigliare. Sollevò la borsa come una spiegazione. "Scusa. Ho fame."

Non aspettò una risposta, un gesto di comprensione, un rimprovero. Scappò via di nuovo, questa volta senza fermarsi, inseguito dalle prime gocce pesanti di pioggia.

Il problema del formaggio è che finisce, e ricominciano le ortiche. Bagnate, perché da giorni non si vedeva un raggio di sole.

Nino camminava su un terreno duro, in un caldo torrido. L'erba secca gli pungeva le caviglie e avrebbe voluto avere con sé una borraccia d'acqua, ma Ignazio lo aveva chiamato di corsa, presto, presto, come se i babbaluci stessero scappando. E quando mai scappavano, quelli. Non c'è niente di più lento di una lumaca. Ma lui era corso fuori infilandosi a stento le scarpe e adesso aveva sete. Il secchiello, però, era bello pesante: sugli steli e sugli sterpi bruciati le lumachine si arrampicavano a grappoli, facili da staccare come frutti.

"Stasera li mangiamo insieme?" chiedeva Ignazio.

"Non lo so, per me sì," rispondeva Nino. Lui, con Ignazio, passava volentieri tutto il giorno e anche la notte, avevano sempre cose da raccontarsi. Ma il suo amico voleva andarsene via dal paese, glielo aveva confidato un paio di settimane prima. Voleva smettere di badare alle mucche e di fare il formaggio e andare a lavorare in un ristorante in città, a Palermo. Un posto bello, con le luci e le tovaglie bianche, e le ragazze con i gioielli.

"Non ci trovi mica i babbaluci in città." Nino tentava di difendere il primato delle Madonie. L'argomento gli sembrava inoppugnabile.

"Nei ristoranti sì, le cucinano, e sono una specialità, e costano moltissimo."

"Ma perché devi pagarle moltissimo, se le raccogli gratis?"

"Io mica le pago, io le servo ai tavoli," ragionava Ignazio, producendosi in un inchino con la mano tesa a porgere un ipotetico piatto fumante. "Signora, le propongo questi babbaluci in umido, la nostra specialità della casa!"

"E se non le piacciono?"

"Macché non le piacciono! Lei si innamora, altroché." Ignazio aveva sempre l'ultima parola, e il secchiello più pieno, i sogni più luccicanti. Ignazio, però, era partito un anno prima di Nino, lo avevano mandato in Russia e non era tornato, non ancora. O forse sì. Forse era tornato prima lui.

Nelle pause dal suo camminare fradicio e intirizzito, Nino aveva imparato a cercare sotto gli alberi, negli angoli più umidi. Qui non c'erano i babbaluci di casa sua, c'erano certe lumache rosse, senza guscio. Si chiudevano in una palla, quando scostava le foglie e le portava allo scoperto, e così era anche più facile raccoglierle. Scaldate nella pentola con appena un po' d'acqua, le trovava quasi buone, ma nei giorni in cui la pioggia gli impediva di accendere un fuoco le mangiava anche crude. Senza masticarle perché se le masticava se ne accorgeva troppo, che non erano buone quanto i babbaluci.

Quando però finirono anche le lumache, e la strada ritrovata lo portò ai bordi di un paesino, Nino si fermò, provando una tentazione nuova. Non era grande come Roma, forse non era così pericoloso. Magari c'erano gli americani, come fuori da quell'altro paesino, e avrebbero tirato qualcosa anche a lui e avrebbe potuto mangiare. Comunque non gli avrebbero sparato proprio subito. Con il vecchio nella baracca se l'era cavata bene: d'accordo, aveva rubato, ma era anche riuscito a spiegarsi.

Nino si sistemò per quanto poteva con le dita la barba, i capelli lunghi, e raddrizzò la schiena. Uscì dal bosco e mise un piede sulla strada, poi un altro. Non c'era nessuno intorno e guardando giù vide che era una strada strana, non piena di buchi e rovinata come tutte quelle che aveva visto finora, ma una strada che sembrava rifatta di fresco. Una strada giovane.

Nino avanzò deciso verso il piccolo paese.

15.

"Buongiorno," disse Nino.

L'uomo che andava di fretta rispose al saluto solo con un'occhiata sbieca. Sembrava che andassero tutti di fretta, in quel paesino, perlomeno quando incrociavano lui. Nino sapeva che, per quanto avesse tentato di rassettarsi, non doveva fare una buona impressione. Per questo si impegnava a salutare, chinando il capo come uno che, avesse avuto un cappello, se lo sarebbe tolto. Ma finora aveva ricevuto ben poche risposte e nessun sorriso.

I suoi passi lungo i vicoli, stretti come quelli del suo paese, si facevano sempre più lenti e il cuore più pesante, mentre la paura tornava a salirgli in gola. Non si era aspettato che uscisse la banda a suonargli il benvenuto, ma quel silenzio, quell'ostilità gli facevano male. I suoi concittadini non si sarebbero comportati così, pensava. O sì? Forse erano così anche loro, adesso che c'era la guerra: chiudevano le porte e le finestre e la bocca e spostavano gli occhi e nessuno più gridava nei vicoli per chiamare fuori gli amici a fare due passi in strada.

Avrebbe dovuto restare nel bosco: quello almeno era sempre uguale e non c'erano da aspettarsi brutte sorprese. Già che era lì, però, voleva vedere la piazza. Chissà se somigliava anche quella a Petralia Soprana, con il monumento ai caduti dove si sedeva con gli amici a osservare le ragazze che passavano. Era così che aveva visto per la prima volta Maria Assunta.

Camminava con due amiche con il passo lento di chi si fa guardare, ma fingendo di andare da qualche parte. Nino aveva sentito per prime le voci, che si sovrapponevano l'una all'altra intervallate da piccole risate, di timbri diversi, come gli strumenti di un'orchestrina. Poi aveva visto il movimento con cui Maria Assunta aveva spostato i capelli da un lato, per scoprire il collo imperlato di sudore dal caldo, e si era istantaneamente innamorato del suo profilo. Lei aveva proseguito senza far caso a lui e agli altri uomini seduti sulla base del monumento, come una brava ragazza. Lui aveva pensato per tutto il giorno al suo profilo, rendendosi conto che non avrebbe saputo descriverlo né disegnarlo, ma non avrebbe mai più smesso di sognarlo.

Anche in quella piazzetta sconosciuta, forse, la domenica camminava una Maria Assunta, con le amiche. Aveva un'aria di famiglia, quel cuore di un paese qualunque: la chiesa, il municipio, un bar tabacchi e un monumento ai caduti. Nino puntò dritto verso la base di marmo dall'aria quasi comoda, ma poi ci pensò meglio, non c'era nessuno lì. Forse qui non usava, l'avrebbero considerata una mancanza di rispetto e gli avrebbero sparato, magari da una di quelle finestre semichiuse e cieche.

Sulla piazza c'era anche un negozio di alimentari. Nino lesse l'insegna quasi con commozione. La vetrina era sbarrata con due assi di legno, probabilmente rotta, ma la porta era aperta.

E il negozio era vuoto.

C'era poca roba sugli scaffali dietro il bancone, pochissima: dei vasi con dentro pasta o riso, le latte d'olio, qualche fiasco di vino, scatolette. Lo sguardo di Nino, però, fu attratto dal guanciale. Più che in vendita, sembrava appoggiato lì per caso, e forse era così.

Era un'occasione che non si sarebbe ripetuta.

Ci mise un attimo a girare dietro il bancone e afferrare il guanciale. Ma ci mise un attimo anche l'uomo che stava uscendo dal retrobottega a vederlo, gridare "Ehi, tu!" e ad arrivargli addosso.

Nino fu immobilizzato in un istante. Le mani di quel tizio sembravano di ferro, la sua stazza gli ricordava il Piemontese.

"Pensavi che non ci fosse nessuno, eh?" l'uomo lo scosse rudemente. "Tedesco, ladro e pure stupido. Molla qua, molla!"

Il guanciale gli fu strappato di mano. Nino fu invaso dalla desolazione, ne aveva già immaginato il sapore ricco in bocca. Il dispiacere fu tanto che nemmeno si accorse che l'altro gli legava le mani dietro la schiena con uno spago, facendogli male.

"Hai proprio sbagliato indirizzo, crucco," ringhiò l'uomo sospingendolo verso la porta. "Non te l'hanno detto, i tuoi camerati, cosa gli facciamo ai tedeschi, qui? Non ti è arrivata la notizia? Ora te la diamo noi, la notizia!" Nino sentì un calcio forte nel sedere e si ritrovò nella piazza, barcollando per non cadere. Dai vicoli circostanti stavano arrivando altre persone, attirate dai fischi e dai richiami dell'energumeno che lo aveva ripreso saldamente per la collottola.

"Cosa c'è, Giovanni, cosa è successo?"

"C'è che ho beccato questo crucco ladro a rubare!"

"L'ho incontrato prima, uno sbandato. Si vedeva che non c'era da fidarsi."

"Però non è crucco, a me mi ha salutato in italiano."

"Capirai che vuol dire, ci sono pure i crucchi che hanno imparato l'italiano, a forza di star qui a far danni."

"Non sono tedesco," provò a dire Nino, ma nessuno lo sentì. Nessuno nemmeno lo guardava: gesticolavano tra di loro, intenti a decidere il da farsi.

"Spariamogli, e che sia finita."

"Ma no, impicchiamolo, e poi lo lasciamo appeso fuori dal paese, così i suoi commilitoni capiscono che non è aria."

"Ma poi i bambini si impressionano."

"Appunto. Alla fine invece un proiettile costa poco", e l'anziano che disse quelle parole aveva già in mano una pistola.

Nino guardò in alto e vide che c'erano delle donne affacciate alle finestre. Una era anche uscita sul balcone.

Si sentì un po' rincuorato, loro lo avrebbero difeso.
"Vieni su che è pronto!" gridò la donna sul bancone all'anziano con la pistola. Lui alzò lo sguardo con un po' di fastidio.
"Torna in casa!"
"Guarda che si fredda!"
"Torna in casa, ho detto!"
Forse fu quella breve lite domestica a salvare la vita di Nino, perché prima che l'improvvisato tribunale popolare potesse eseguire la condanna si sentì un fischio penetrante, e sulla piazza arrivò un soldato americano ad ampie falcate. Gridò qualcosa in una lingua che Nino non capì e probabilmente gli altri uomini neppure. Ma il risultato fu che il giustiziere abbassò l'arma. La piccola folla si aprì per far passare il militare.
Nino, con vergogna, si rese conto che se l'era fatta addosso. E mentre quegli uomini parlavano, in una babele di gesti e di lingue, e parlavano di lui, e decidevano se doveva vivere o morire, riusciva a pensare solo alla vergogna di ritrovarsi così, in mezzo a sconosciuti ostili, legato e imbrattato, sotto gli occhi delle donne alla finestra. Donne peraltro decise a ucciderlo quanto i loro mariti.
Il negoziante, intanto, lo aveva lasciato andare, si era avvicinato al soldato per far valere le sue ragioni. Aveva beccato un ladro in flagrante, probabilmente crucco, comunque forestiero, non si poteva certo fargliela passar liscia.
Poi il soldato si rivolse proprio a lui.
"*Who are you? Are you German?*"
Nino lo guardò dal fondo di un'umiliazione disperante, senza capire una parola.
"*Do you understand me?*" sillabò quello ad alta voce. Poi: "*Can you speak?*".
"Non sono tedesco," ripeté Nino, perso nell'incomprensione ma almeno certo che, se proprio dovevano ammazzarlo, almeno dovevano sapere che uccidevano un connazionale. Stavolta lo sentì anche il drappello dei giustizieri, e si alzò un brusio.

"È italiano."
"Non sembra italiano."
"Ma neanche tedesco."
"Da dove vieni?" gli chiese l'anziano con la pistola, sillabando come l'americano.
"Dalla Sicilia."
Il brusio si ripropose più forte e affermativo. Si sentì un "Lo avevo detto io" a cui nessuno diede eccessivo credito. Poi il soldato spazientito si rivolse di nuovo all'uomo con la pistola con qualche secco ordine, che quello accettò in silenzio, annuendo infine, più come se avesse perso interesse che per convinzione.
"Prendilo pure," disse accennando a Nino. Il soldato lo afferrò per un braccio.
"*You are coming with me.*" E cominciò a tirarlo nella direzione del vicolo da cui era sbucato.
"Chi è questo? Dove mi porta?" chiese Nino ai suoi aspiranti assassini che però erano gli unici a parlare la sua lingua, o quasi.
"Sono gli americani, ti portano con loro."
"Con loro dove? In America?" domandò Nino terrorizzato.
"Per ora a Roma, poi si vedrà."
A Roma? Ma Roma l'aveva già superata, Roma era più a nord. Nino non pensò che così magari avrebbe visto San Pietro, non pensò al Papa né a sua nonna, pensò solo che gli americani lo avrebbero riportato indietro di troppi faticosi chilometri e giorni, come nel gioco dell'oca quando sbagli casella.
"Ma io devo andare a casa!" protestò.
Gli sembrò di vedere sul viso del negoziante che lo aveva catturato un'ombra di vera compassione, ma poi disse solo: "La prossima volta fai a meno di rubare".
Il soldato, ansioso di chiudere quella scena e tornare probabilmente alla sua camionetta, stava affrettando il passo. Non guardava neanche Nino, lo tirava soltanto. Lui, invece, guar-

dava ovunque, con disperazione. E vide uno spiraglio, solo uno. Il vicolo dietro di lui, vicinissimo.

Le mani erano legate, ma i piedi no, e i suoi piedi erano veloci. I piedi che dovevano riportarlo a casa.

Diede uno strattone di cui non si sarebbe creduto capace e si liberò dalla morsa del soldato. Senza guardarsi alle spalle corse via come il vento, seminando dai calzoni una scia maleodorante.

16.

Non l'avevano inseguito, nemmeno loro. Forse si erano impietositi, forse lo avevano ritenuto poco interessante, o forse non volevano tornare qui. Qui, nella terra dei detriti.

Nino, camminando, pensava alle Alpi. A quanto aveva maledetto quel freddo e quella neve che a volte sembravano volergli entrare sotto la carne, ghermirgli le ossa e spezzarle. Alla desolata povertà di una natura invernale che non offriva cibo e pochissimo riparo. Ora faceva più caldo, la pioggia gli si asciugava in fretta di dosso, il bosco regalava sempre qualcosa da mangiare, soprattutto frutti selvatici. La fame, sempre una compagna fedele, si era fatta meno tormentosa, accolta quasi come una delle sue poche certezze. Ma le si era affiancata una tristezza diversa da quelle provate prima, una tristezza che saliva dal paesaggio stesso. Tutto era segnato dalle ferite di una devastazione sempre più profonda man mano che scendeva verso sud.

Tutto è perduto, con la guerra. Il Papa e sua nonna avevano ragione. Erano perdute le vie e i ponti e le ferrovie e le case, e poi i tralicci dell'elettricità, i vestiti dei bambini, gli sguardi delle persone. A volte, Nino incontrava a bordo strada quelli che sembravano accampamenti, pietosi raduni di chi non aveva più un tetto. Passava rapido, aveva imparato che ciascuno era intento ai suoi problemi e nessuno faceva troppo caso a lui, ma cercava comunque di non incrociare gli sguardi. Anche così, poteva vedere uomini che trascinavano un arto mutilato, donne che stendevano stracci, bambini che giocavano nella fanghiglia. E c'erano i buchi, buchi ovunque, dove la terra aveva dovuto ingoiare le bombe.

Stava rubando un paio di pomodori ancora verdi da un orto di guerra, dopo aver trascorso poche ore di riposo in un angusto capanno per gli attrezzi, quando vide passare il funerale. Si chinò tra le piante e sbirciò attraverso la staccionata.

La bara sfilava portata a spalle da sei uomini, seguita da un drappello sparuto di donne. C'era una ragazza bruna, nel gruppo delle dolenti. E quando un colpo di vento le scostò il velo nero dal capo, Nino riuscì a vedere distintamente un profilo bianco e bello, una corsa di capelli bruni sulle spalle. Non si accorse nemmeno di essersi raddrizzato, addirittura di sporgersi oltre la rete, per vederla meglio. Ma la decisione di seguirla quella sì, fu cosciente.

Al cimitero arrivarono dopo una salita che sembrò mettere a dura prova le giunture di un paio dei più anziani, ma ci arrivarono. Era un camposanto poco più grande di un orto e sembrava affacciato sul nulla. Non lontano dal muretto di cinta c'era la fossa fresca ad attenderli, ma Nino si fermò accanto al cancello, indeciso: avrebbe voluto non aver paura di dieci persone in lutto, ma il fatto era che ne aveva.

Però, quel vuoto oltre il fondo del cimitero lo attraeva irresistibilmente. Girando al largo dalle persone, costeggiando il muretto, fingendo di fermarsi a leggere le lapidi, si inoltrò, più rapido quando si accorse che nessuno lo guardava: erano concentrati sul loro caro che ritornava alla terra.

Oltre il muro, c'era il mare. A picco sotto di lui, scintillava fino all'orizzonte. Ed era la prima volta che Nino lo vedeva.

Glielo aveva raccontato Ignazio, lui sì che era stato a Palermo, con i suoi genitori, e lo avevano portato sulla spiaggia. Nino se lo era fatto raccontare almeno cento volte, il mare, perché guardarlo nella cartolina che Ignazio gli aveva portato non era la stessa cosa: tanto per cominciare era grigio, mentre quello del racconto era blu. E poi non si muoveva, mentre il mare di Ignazio non stava fermo mai.

Neanche il mare giù in basso, oltre il muro del cimitero, sembrava muoversi: era grande e piatto, con qualche scoglio che affiorava più vicino alla costa. Ma le luci che facevano brillare la superficie, invece, non stavano ferme mai. E quindi, in un certo senso, si muoveva.

Se non fosse stato per il cigolio del cancello, forse Nino sarebbe rimasto affacciato a quel muro per sempre. Ma il cancello cigolò e lui si riscosse, scoprendo di essere rimasto solo nel cimitero: i dolenti non c'erano più. Come, se n'erano andati senza di lui? si ritrovò a pensare. Quindi uscì in fretta e ricominciò a seguirli a distanza, giù per la discesa e fino a una casa piccola, a un piano solo, alle propaggini di un paese.

L'intonaco bianco dell'edificio era tutto rovinato, chissà se dalla guerra o dalla salsedine, ma la porta d'ingresso colpì Nino perché era di un verde brillante, quasi aggressivo nel contesto luttuoso, sembrava dipinta il giorno prima. Si chiese chi avesse deciso, in famiglia, che la cosa da fare tra le mille emergenze di quel tempo disperante era proprio trovare della vernice verde e dipingere quella porta. Forse era stato il morto dentro la bara, quando era vivo, o forse la ragazza con il profilo bello quasi quanto quello di Maria Assunta. E quando anche l'ultimo della decina di dolenti fu scomparso oltre la porta, Nino si avvicinò per guardarla meglio.

Proprio un bel lavoro, pensò accarezzando la superficie verde brillante. Spinse il battente, e quello si aprì.

Il corridoio era buio e angusto, dopo tutta la luce fuori Nino faticò ad abituare gli occhi. Due porte chiuse alla sua sinistra, ma era da destra che arrivava il brusio delle voci. Percorse a passi cauti il breve tratto fino ad affacciarsi in una cucina, grande a stento abbastanza da riuscire a contenere quella decina di persone.

Erano tutti attorno al tavolo, su cui era disposto un rinfresco: misero, da tempo di guerra, ma pur sempre un rinfresco in onore del defunto. Due donne anziane piangevano nei fazzoletti sedute sulle uniche due sedie, e tutti gli altri erano in piedi, a servirsi di un po' di pane, formaggio, uova e quella che sembrava una torta, mentre la ragazza dal profilo limpido serviva del vino in una congerie squinternata di tazze sbreccate e bicchieri.

Nino, ipnotizzato dalla torta, si inoltrò nella stanza. Un passo, due, tre e fu accanto al tavolo.

Il brusio si interruppe e gli occhi si fissarono su di lui. E lui li fissò tutti di rimando, uno dopo l'altro, apertamente. Quegli occhi si riconobbero: gonfi, sfiniti, prigionieri delle immagini di una guerra che non finiva mai e stanchi di piangere tutte le sue vittime, quelle sul fronte e quelle nelle retrovie.

Poi, due degli uomini in piedi accanto al tavolo si scostarono, per lasciare che lui si avvicinasse. E Nino si trovò di fronte il viso bellissimo della ragazza bruna, dall'altro lato. Aveva tolto il velo e i capelli erano ondulati e luminosi, la bocca era morbida e amara. Aveva i colori di Maria Assunta, pensò Nino, e pregò che quella piega triste e cinica, sulle labbra di Maria Assunta, non ci fosse, di non vederla mai.

Lentamente, la ragazza versò mezzo bicchiere di vino di un rosso scurissimo e glielo porse. Nino lo prese, automaticamente, ma lo sguardo gli corse alla torta, una ciambella dall'aria un po' sbilenca. Lei annuì, ne tagliò una fetta, né grande né piccola, e gliela offrì. Nino la portò al naso prima che alla bocca, poi ne staccò un pezzetto: asciutta, con ben poco zucchero e ancor meno burro, ma conservava l'aroma delle domeniche mattina, del sole che entrava dalla finestra, della sicurezza. La mandò giù con la fatica dell'emozione e bevve un sorso di vino.

Solo in quel momento si rese conto che aveva compiuto tutti quei gesti in un silenzio assoluto. Se ne accorse perché il brusio riprese: gli uomini a parlarsi sottovoce, le vecchie a singhiozzare, i piatti ad acciottolare, le gole a deglutire. Nessuno parlava con lui, nessuno più lo guardava, neanche la ragazza bruna che ora si stava dedicando a consolare le vecchie, eppure Nino provò un senso come di perdono.

Dopo la torta azzardò un pezzetto di pane, nero come

quello del campo e appena meno duro, accompagnato da un formaggio sorprendentemente buono. Il vino lo scaldava da dentro e gli regalò l'audacia di farsi scivolare in borsa, non senza vergogna, un'altra fetta di pane e un uovo. L'incertezza del prossimo pasto era troppo forte per rinunciare a quella benedizione insperata.

Poi Nino riguadagnò il corridoio, la porta verde, l'abbagliante e desolata realtà esterna. Gli sembrava fossero passati sette volte sette anni da quando era entrato e non sapeva se sentirsi stanco o rinfrancato, mentre si allontanava da quella casa.

"Ma tu chi sei?" la voce lo raggiunse dopo pochi passi, bassa, modulata.

Si voltò e sulla soglia c'era la ragazza bruna, con la testa appena inclinata da un lato. Aveva, notò Nino, delle splendide caviglie, proprio come Maria Assunta. Per anni aveva riconosciuto i suoi polpacci e le sue caviglie tra tutti quelli di Petralia Soprana, guardandoli passare davanti alla finestrella del laboratorio seminterrato dove con suo padre faceva il pane, la stessa finestrella da cui sua madre vendeva le pagnotte direttamente sulla strada. Con qualsiasi gonna ad accarezzarle, le caviglie del suo amore erano sempre state per lui inconfondibili. Si sentì certo che l'uomo che avevano seppellito fosse il marito della ragazza bruna, e che avesse amato le sue caviglie, le avesse riconosciute tra mille, per tutta la vita.

Poi si ricordò che gli era stata rivolta una domanda e diede la risposta più semplice: "Sono Nino".

Lei annuì come se fosse tutto chiaro.

"Ciao," disse.

"Ciao," rispose Nino, poi le voltò le spalle e proseguì, sperando per qualche istante, assurdamente, che lei lo richiamasse indietro. Ma sentì solo il suono di una porta verde che si richiudeva.

Ci mise poche centinaia di metri ad accorgersi che quella deviazione lo aveva disorientato. Non sapeva più in che direzione dovesse seguire la strada, da che parte fosse il Sud. Le nuvole fitte non lo aiutavano a capire dove stesse scendendo il sole.

Pensò: il mare, devo ritrovare il mare e non solo perché è bello e perché brilla, ma perché se lo tengo sulla destra, starò di sicuro andando verso sud. Fiero di quella deduzione, accelerò il passo per raggiungere al più presto la costa.

Solo che stava inoltrandosi nell'entroterra.

17.

Nino aveva deciso di aspettare. Era l'unico modo per capire finalmente dove dirigersi. Al mare non era riuscito a tornare, i cartelli sulle strade annunciavano nomi di città sconosciute, e di chiedere indicazioni in quella terra desolata e ostile proprio non se ne parlava. Aveva provato ad avvicinarsi a un gruppetto di donne che gli sembravano inoffensive, ma subito una di loro aveva gridato, forte e chiaro, rivolta verso la casa poco distante: "Aiuto!" e lui si era rimesso a correre all'impazzata, prima che comparisse un fucile.

Non c'era niente da fare, aveva l'aspetto di uno sbandato ed era esattamente così che si sentiva: un relitto, vecchio come se stesse camminando da decenni, e stanco, con in testa una meta che a volte gli pareva di aver solo sognato. Esisteva davvero Petralia Soprana? Esistevano la panetteria, le quattro galline che abitavano nel sottoscala, le mani di sua madre indaffarate ai ferri, la manna che filtrava dalle cortecce? Nella nebbia di questi pensieri, Nino si era trovato a camminare per giorni senza sapere se stesse andando nella direzione giusta, o in una non proprio giusta, o addirittura sbagliatissima. La mappa di Lorenzo gli mancava più che mai, almeno avrebbe potuto leggerci qualche nome per orientarsi. Perché gliel'avevano presa, quei combattenti? A loro non serviva, era stata pura cattiveria. Ce l'avevano tutti con lui, per l'intera lunghezza della penisola.

Stava per arrendersi, sedersi e mettersi a piangere quando

la stazione gli era apparsa come un miraggio. Un miraggio di entità modesta, quattro muri a stento verticali e due binari a stento paralleli, ma pur sempre una stazioncina funzionante. Di lì passavano i treni. E non appena ne fosse comparso uno diretto verso sud, sarebbe bastato seguirlo, i binari gli avrebbero indicato la strada più breve.

Solo che, prima, doveva passare il treno. All'inizio Nino aveva pensato che non potesse volerci molto, ma adesso, con il sole ben alto nel cielo a segnare le ore trascorse, si era ricreduto. Poteva volerci molto.

Passò l'ora più calda, le cicale smisero di frinire, si alzò un filo di brezza e quando Nino avvertì in lontananza il fischio del treno trasalì, tanto era ormai inatteso, e forte in quella calma immobile.

Quando poi riuscì a capire da un cartello che il treno andava a Reggio Calabria, si sentì come a Natale. Dalla Calabria alla Sicilia, lo sapeva bene, c'era solo un braccio di mare, tanto stretto da chiamarsi Stretto. Lo Stretto di Messina. Per la prima volta, casa sua gli sembrò quasi raggiungibile.

"Arrivo. Arrivo," mormorò alla foto di famiglia, mentre il pensiero di potercela fare gli dava forza alle gambe, e buonumore. Per un attimo accarezzò il pensiero di salire sul treno, farsi portare con comodità per decine di chilometri, forse addirittura arrivare così fin dove terminava la terra e cominciava il mare. Ma era senza biglietto, qualcuno lo avrebbe certamente accusato di furto riproponendo l'idea di giustiziarlo sulla pubblica piazza. Così, riprese a mettere un piede davanti all'altro, seguendo lo scintillio dei binari sotto il sole.

Per giorni interi, ben pochi treni disturbarono la sua marcia e da quei finestrini nessuno fece caso a lui. Era caldo, adesso, e oltre al cibo anche l'acqua era diventata un problema: fonti e ruscelli non erano così frequenti e Nino non aveva un contenitore dove conservarne una scorta.

Così, quando vide la chiesa, pensò che a quel parroco avrebbe potuto chiedere due cose: il sacramento della confessione e una bottiglia.

La confessione la sentiva necessaria da quando aveva rubato il formaggio a quel vecchio: sapeva che aver chiesto scusa non era sufficiente, glielo ripeteva da molti giorni la voce di sua madre nella testa. *Bisogna chiedere scusa anche a Dio.* Nino ci aveva riflettuto a lungo ed era abbastanza certo che Dio non si fosse offeso, perché Lui sapeva quanta fame aveva, e quanto bisogno di tornare a casa. Ma una volta a destinazione, voleva poter guardare in faccia sua madre e dirle sono qui, è tutto a posto, e se ci arrivava con un po' di peccati già espiati sarebbe stato senz'altro meglio. Tanto, su quel lungo tragitto, il tempo per recitare i necessari pateravegloria di certo non gli mancava.

La chiesa era piccola e semplice, antica, in mattoni rossi, sulla facciata un rosone aperto, senza vetrata, da cui passavano le tortore. Sembrava un po' in disuso e gli ricordò la prima chiesa che gli aveva dato riparo, al Nord. Stavolta non avrebbe rubato, però, sarebbe andato a cercare il parroco e gli avrebbe parlato. Provò a farsi coraggio dicendosi che di certo un prete, in quella zona così bisognosa, doveva essere un uomo pacifico, comprensivo, generoso. Lo avrebbe accolto, gli avrebbe dato un rifugio anche solo per poche ore, avrebbe visto che sotto quei capelli e quella barba selvatici e la pelle bruciata da qualsiasi tempo avverso c'era un bravo ragazzo. Nino gli avrebbe mostrato la foto dei suoi e gli avrebbe detto tutti i nomi e raccontato della panetteria, poi si sarebbe confessato e sarebbe ripartito in pace. E con una bottiglia. Man mano che si avvicinava alla chiesa il suo passo si faceva più elastico: era già dentro, era già seduto al tavolo con il parroco, anzi, si era già anche confessato… quando il portone di legno si spalancò, con violenza, verso l'esterno.

"Arrivederci, padre!" con un urlo che conteneva uno sghignazzo, un uomo con le spalle troppo larghe rispetto a un'altezza modesta usciva dalla chiesa portando un crocifisso che scintillava, nei chiodi e nel cartiglio "INRI" affisso in alto, di quello che avrebbe potuto anche essere oro. Dietro di lui comparvero subito altri due, che lo seguivano da vicino, e Nino non pensò nemmeno per un attimo che si trattasse di una processione. Uno aveva in mano una bottiglia, e se la portò alla bocca con soddisfazione, voltandosi poi a gridare verso l'interno della chiesa: "Avete sempre avuto il vino buono, voi, padre!". Il terzo uomo reggeva un sacco e non sembrava altrettanto ilare, mentre incitava i suoi sodali: "Andiamo, andiamo!".

Nino si bloccò davanti all'enormità di quella scena: avevano rubato in chiesa non una camicia o una manciata di ostie, ma gli arredi sacri. Sopravvissuti a chissà quali saccheggi negli anni di guerra, ora venivano razziati da quelli che di certo non erano stranieri, e magari erano persino dei parrocchiani. Che ridevano, con il crocifisso in spalla e il vino benedetto in gola, come se in tre non avessero nemmeno un'anima da salvare.

Nino era così pietrificato che si dimenticò di mettersi al riparo. E quelli lo videro.

Tutto si fermò. I tre uomini, istantaneamente seri, istantaneamente sobri. Nino, sgomento a fissare il crocifisso. Le tortore che entravano e uscivano dal rosone, la brezza tra i rami dei due sorbi a lato della chiesa, gli insetti affaccendati a terra: nulla più si muoveva, come se le trombe di Gerico stessero per suonare.

Poi, vedendo che Nino non estraeva un'arma, l'uomo con il crocifisso in spalla fece un passo avanti.

"Tu cosa vuoi?" chiese, aggressivo.

Nino scosse la testa, non voleva niente e aveva di nuovo la gola chiusa.

"Chi sei?"

"Sono Nino." La voce si sbloccò abbastanza da tirar fuori almeno la stessa risposta che aveva dato alla ragazza dal profilo perfetto.

"Nino... solo Nino o Ninuzzo o Tonino?"

"Solo Nino."

L'altro si rigirò in bocca quel nome, poi lo sputò: "Nino, levati di torno" e per sottolineare la richiesta, estrasse un coltello.

Nino registrò con preoccupazione che anche gli altri due avevano tirato fuori dei coltelli, e con sollievo il fatto che evidentemente nessuno di loro possedeva armi da fuoco. A meno che avessero eccellenti doti di lanciatori, fuggendo poteva distanziarli.

Ma qualcosa gli impediva di abbandonare la sua posizione al centro del vialetto che portava alla chiesa. Una tigna assurda e autolesionista, come di qualcuno che si illuda di tenere un ponte da solo contro un esercito. E a ben vedere, quei tre avrebbero potuto semplicemente girargli attorno e andarsene per i fatti propri. Oppure accoltellarlo – e andarsene comunque per i fatti propri.

"Senti Nino, o come ti chiami, ora spostati," insisté l'uomo, dimostrando di condividere la stessa tigna. Si sarebbe detto che ai due lati di quel vialetto si aprissero dei burroni, anziché un inoffensivo prato bruciato dal sole.

"Quello sta in chiesa." Nino accennò al crocifisso, nel tono neutro di chi annuncia una verità di fatto.

"Non ho capito," disse l'altro, e poi rivolto ai due compari: "Scusatemi, ma voi avete capito cosa ha detto questo pezzente?".

"Io non ho capito."

"Io nemmeno ho capito, ci puoi ripetere quello che hai detto?"

"Sai, quando fa caldo noi non sentiamo bene... 'a calura."

"Ma aspetta aspetta... forse lui ha detto che ce lo può sucare?"

A quelle parole si scatenò dai tre una risata che sembrava un urlo, ma Nino, continuando a fissare il crocifisso, come rapito dal buon senso, o forse da una pericolosa ingenuità, ripeté la stessa identica frase: "Quello sta in chiesa".

"Quello sta dove voglio io," ringhiò l'uomo, come un cane con l'osso. "Levati di torno o ti scanno come si scannano i maiali." E cominciò ad avanzare verso Nino, con il coltello snudato. "Tu lo sai come si scannano i maiali?"

Lo sguardo di Nino andava dalla lama affilata al crocifisso, e poi indietro. Fino a che, quando il trio gli fu quasi addosso, con un'ultima occhiata di scusa al Cristo di legno girò sui tacchi e si mise a correre.

E loro dietro.

Se sperava di distanziarli in fretta, si sbagliava: avevano un fiato eccezionale, considerati anche i carichi che portavano. Non guadagnavano terreno, ma nemmeno ne perdevano. La corsa sarebbe potuta durare ore se non ci fosse stato, provvidenziale, il treno.

Il convoglio si era fermato – appena in tempo – per far allontanare dalle rotaie una mucca vagabonda. Il macchinista stava risalendo a bordo con una giaculatoria di bestemmie per il tempo perduto, e lo stesso stava facendo, su uno dei vagoni, un altro tizio con un berretto da ferroviere che pareva recuperato di seconda o terza mano. Fu in quel rifugio metallico che si buttò Nino, così spaventato e stremato da non badare nemmeno alla sinistra somiglianza con il vagone che lo aveva trasportato a nord, per scaricarlo davanti al campo di prigionia.

Pancia a terra, sentì ripartire il treno e allontanarsi le urla dei banditi. Poi si alzò e incontrò lo sguardo stupefatto e severo dell'uomo con il berretto di terza mano.

18.

Le frittelle calde erano una tentazione irresistibile. Nino sapeva bene che non erano per lui: doveva venderle. Ma infilare una mano dentro il sacchetto e rubarne una sarebbe stato così facile e Ignazio lo sobillava: "Dai, danne una anche a me, in cambio ti do un po' di fave". Una proposta non proprio irresistibile: tra le frittelle e le fave lesse non c'era gara. "Dobbiamo portare a casa i soldi," ribatteva Nino, stringendo il suo sacchetto ben chiuso.

Era il 15 agosto e come da tradizione ogni famiglia aveva cucinato una sua specialità, che i ragazzi di casa andavano a vendere per i vicoli del paese. Poi si sarebbero tutti ritrovati alla grande grigliata a consumare insieme i loro acquisti e altro ancora, mentre sulla brace sfrigolava la carne di castrato.

Le strade erano decorate con fiori e festoni e dalla chiesa arrivava la voce del coro che faceva le prove per la messa delle undici. Nino bussava alle porte delle case e con i suoi modi gentili riusciva quasi sempre a piazzare qualche frittella. Ignazio, con la sua parlantina, aveva quasi già smerciato il suo carico di fave lesse.

"Lento, sei lento!" si lamentava.

"E tu sei disonesto," controbatteva Nino. "Guarda che l'ho visto, che ti sei messo da parte dei soldi."

"Ai miei non servono. Possono permettersi un piccolo contributo per il mio progetto." Ignazio alzava le spalle. Il progetto era sempre il suo mirabolante trasferimento a Palermo, con tutte le possibilità che gli avrebbe aperto, nel campo professionale e in quello sentimentale. Nino un po' gli invidiava quel brillante futuro, tanto raccontato da sembrare inevitabile, un destino già scritto. Ma alle proposte di seguire l'amico aveva sempre opposto un secco rifiuto.

E la ragione principale di quel rifiuto si materializzava proprio in quel momento, in fondo a uno dei vicoli. Un passaggio fugace ma Nino ne era certo: era lei. Spiccava la corsa senza neanche pensarci, inseguito dalla voce di Ignazio.

"Ehi, ma che ti prende? Dove vai?"

Maria Assunta stava per sbucare nella piazza del paese. Nino la afferrava per un braccio, prima che uscisse dall'ombra sicura del vicolo.

"Che c'è?" lei si voltava allarmata. Ma quasi subito sorrideva.

"Scusa," mormorava Nino, "non volevo spaventarti." Ma il braccio non glielo lasciava. Né lei faceva alcun cenno di volerselo riprendere. La pelle era liscia, tiepida sotto le sue dita, solleticate dal merletto della manica. Indossava già il vestito della messa, bianco e ornato di trine, aveva i capelli pettinati in una treccia che cominciava alta sul capo ed era bellissima. Nino la fissava abbacinato e il pomo d'Adamo gli andava su e giù nella gola mentre deglutiva una serie infinita di frasi stupide, da "Stai andando a messa?" a "Stasera vieni alla festa?". Le risposte le sapeva già, come sapeva che né a messa né alla festa gli sarebbe riuscito di avvicinarla, perché la famiglia di lei faceva buona guardia.

Alla fine era lei, impietosita, a parlare: "Cos'hai lì dentro?".

Nino si guardava la mano che reggeva il sacchetto come se appartenesse a qualcun altro. Cos'aveva là dentro? Boh? Lo sollevava dubbioso e il profumo dolce gli colpiva le narici, salvandolo dal mutismo.

"Frittelle," rispondeva, deciso. "Le vuoi?" Le porgeva con sovrana incoscienza tutto il sacchetto. L'eventualità di tornare da suo padre senza frittelle e con metà dei soldi previsti non contava, ora. Contava solo poterle dare qualcosa, anche una cosa piccola come una frittella.

"Se me ne dai una, la prendo volentieri," lei sorrideva, intenerita, aprendo il sacchetto. "Sembrano molto buone."

"Sono molto buone," annuiva Nino, sentendosi su un terreno più sicuro. "E tu sei molto bella," aggiungeva mentre i denti bianchi di Maria Assunta affondavano nella pasta dolce e lui pensava, adesso la bacio, e faceva un passo avanti.

"Ragazzo! Tra poco bisogna scendere."

Nino spalancò gli occhi di soprassalto: era in un luogo sconosciuto, in una specie di nido di sacchi di juta addossato a un muro e aveva un'erezione. Portò rapido una mano al pube, un po' per coprirsi, un po' per incredulità: non gli capitava da mesi. Ma quella sensazione ormai dimenticata, il desiderio in gola, il bisogno di liberarsi, era lì, del tutto incongrua.

"Arrivo," disse, senza sapere bene a chi. La sua mente cercava di riafferrare l'immagine di Maria Assunta, il profumo dolce della frittella mischiato al suo, il sapore della sua bocca. Il corpo voleva finire quello che la mente aveva cominciato.

Nino si girò contro il muro, si infilò una mano nei pantaloni e chiuse gli occhi, per una manciata di secondi soltanto. Poi respirò a fondo e si alzò, pregando che sui suoi abiti stazzonati e sporchi la nuova macchia umida non si notasse più di tanto.

Gli occhi dell'uomo con il berretto seduto sulla sedia, ovviamente, si appuntarono proprio lì.

"Te la sei fatta addosso?" chiese incredulo. "Non avrai pisciato sulla posta!" Lo sguardo gli corse ai sacchi nell'angolo poco prima occupato da Nino.

"No, no, è... No," disse Nino in grave imbarazzo. "Non è uscito niente." Poi, nella speranza di distogliere l'attenzione, domandò: "Dove siamo?".

"Abbiamo passato Gioia Tauro." Il ferroviere gli fece cenno che poteva pure sedersi. Nel vagone postale non c'erano sedili, ma un paio di sedie e ripiani per lavorare, e tante cellette alle pareti, che in questo momento erano vuote. Evidentemente la posta era stata già smistata, o lo sarebbe stata in seguito. "I crucchi hanno distrutto il ponte sul fiume, il binario si interrompe."

"Cioè il treno finisce qui?"

"Questo treno, sì. Bisogna scendere e attraversare a piedi. Poi, passato il fiume, ne prendiamo un altro di treno, per Reggio Calabria."

"Io non posso prendere un altro treno." La paura ricomparve negli occhi di Nino. Quel che gli era successo poche ore prima era stato sicuramente un miracolo. Il ferroviere con il berretto di terza mano, vedendolo piombare affannato nel suo vagone, non lo aveva aggredito, non aveva chiamato i soccorsi, e non lo aveva gettato dal convoglio in pasto ai briganti. Aveva raccolto in una sola occhiata il suo viso giovane sotto la barba lunga, il suo corpo magrissimo sotto i vestiti raffazzonati, i suoi occhi disperati, e gli aveva indicato l'angolo con i sacchi.

"Mettiti lì e non fiatare," gli aveva detto. Poi, a mo' di spiegazione: "Mio figlio, dalla guerra, non è tornato".

Nino avrebbe voluto rispondere che gli dispiaceva, e non l'aveva fatto. Si era rannicchiato tra i sacchi con la mente ancora piena dell'angoscia dei banditi, dei coltelli, dell'inseguimento, della paura.

"Non ti faccio niente. Non ti succederà niente" erano le ultime parole che aveva sentito prima di addormentarsi. Tanto al sicuro nel suo nido di juta da permettersi persino di sognare.

Sì, era stato un miracolo, di quelli che fanno gli esseri umani buoni. Ma due miracoli non succedevano, tantomeno in un giorno solo. Salire su un altro convoglio, alla mercé di un altro essere umano forse meno buono, sarebbe stato un azzardo eccessivo. Doveva rimettersi in cammino.

"Quanto è lontano il mare?" chiese.

"Per Reggio Calabria Marittima sono quaranta chilometri, forse qualcosa in più," il ferroviere aggrottò la fronte. "Stai andando in Sicilia?"

"Nelle Madonie."

"Devi farne ancora un po', di strada. Da dove arrivi?"

"Dalla Germania." Poi, ricordando le spiegazioni di Lorenzo chino sulla mappa: "Un pezzo di Germania che si chiama Austria".

L'uomo strabuzzò gli occhi e per un momento non seppe

proprio cosa dire. Poi quasi sbottò: “Hai camminato abbastanza. Ci parlo io, col capotreno”.

Nino lo fissò a lungo, con la diffidenza stampata in faccia. Il treno stava rallentando, evidentemente pronto a fermarsi. Chi gli diceva che, quando fosse sceso, quello sconosciuto non lo avrebbe fatto arrestare? Forse la storia del ponte non era vera e fuori dal vagone lo aspettavano le guardie, come quando era arrivato al campo.

Il ferroviere lesse con facilità tutti quei pensieri, sul viso magro che era come un libro aperto.

“Ragazzo, come si chiama tua madre?” chiese, brusco.

“Rosaria… si chiama Rosaria.” Spiazzato dalla domanda, Nino si rese conto che quel nome non lo pronunciava da mesi, forse anni.

“Allora facciamo un regalo a Rosaria, facciamoti arrivare un paio di giorni prima,” decretò l’altro in tono paterno, ma autorevole. “Ora tu scendi con me, mi aiuti a portare giù i sacchi e a caricarli sull’altro treno, e proseguiamo insieme. Facciamo che sei il mio assistente. Va bene?”

Nino esitò ancora un attimo. Poi la bocca gli si allargò in un timido sorriso di assenso. Forse due miracoli, in un giorno, potevano anche succedere.

19.

In piedi sulla riva del mare, Nino guardava la Sicilia. Era lì, vera, vicinissima: solo una sagoma nella notte, ma reale. Pochi chilometri di acqua salata lo separavano da Messina. Non riusciva a smettere di piangere. Se ne stava lì in piedi con le braccia lungo i fianchi, e singhiozzava.

Era notte quando il treno era arrivato a Reggio Calabria. Franco, il ferroviere del vagone postale, gli aveva indicato la via del mare.

"Al porto, ci sono gli americani," gli aveva spiegato. "Sono fastidiosi, con i documenti... Ti conviene cercarti un passaggio dai pescatori, fino a pochi mesi fa facevamo tutti così, comunque, quando non c'era il traghetto." Poi gli aveva stretto una spalla, quasi con durezza. "Coraggio, ragazzo. Ci sei quasi," gli aveva detto. "Ora non mollare."

A Nino quella raccomandazione era parsa strana. Non aveva mollato nel gelo, nella fame, nei pericoli, nella disperazione, perché avrebbe dovuto farlo ora? Ma adesso, mentre guardava il mare, capì all'improvviso. Era arrivato fin lì. Ora doveva attraversare l'acqua, e non poteva passare. Non sapeva nuotare e comunque i chilometri sarebbero stati troppi. Non aveva idea di come fare.

Con i piedi affondati nella sabbia, davanti a quella distesa liquida e invalicabile, si sentiva completamente solo al mondo. Il suo unico amico era il ferroviere, che non poteva più aiutarlo. Aveva soltanto voglia di sedersi per terra e restare lì, fino a che qualcuno non fosse venuto a portarlo via con un carretto, di quelli che si usavano per le merci.

Delle merci ci si preoccupava più che delle persone. Venivano raccolte, spostate, caricate, portate a destinazione. Di lui, che non sapeva come attraversare il mare, non si preoccupava nessuno. L'acqua non scintillava come quando l'aveva vista dal muretto del cimitero: era nera, e faceva un rumore inquietante, come pronta a risucchiarti per non lasciarti andare più.

La fame si aggiungeva allo sfinimento e non lo aiutava a pensare con chiarezza. Franco aveva condiviso con lui quello che aveva, un pugno di albicocche, ma era ansioso di andarsene a casa e la sua generosità non si era certo spinta fino a ospitarlo. Un'albicocca si digeriva in fretta.

Ti conviene cercarti un passaggio dai pescatori. Facile a dirsi, ma come? Al porto di sicuro arrivava un traghetto, ma non sarebbe mai riuscito a salirci senza farsi notare da qualche guardia. Restare su quella spiaggia e sperare di incontrare dei pescatori? Mancavano poche ore all'alba, forse qualcuno sarebbe uscito in mare. Ma chi si sarebbe azzardato a caricare un soggetto sporco e arruffato come lui? Non aveva nemmeno nulla con cui compensarli per il disturbo.

Stava pensando che forse, dopotutto, era meglio tornare in città e provare a chiedere aiuto, per pagarsi del cibo e un passaggio per Messina, quando vide brillare una luce, molto brevemente, nell'acqua scura. Era a qualche distanza da lui, in direzione opposta a quella del porto. Scrutò il mare senza vedere più nulla, fino a convincersi di essersi sbagliato. Poi, eccola di nuovo, più vicina a riva. C'era una barca, nella notte. Una barca evidentemente molto cauta.

Nino sapeva benissimo che esistevano i contrabbandieri, glielo aveva raccontato suo zio Giuseppe che era forse l'unico Testimone di Geova di Petralia Soprana ed era fissato con la cattiveria degli uomini e con la disonestà che a suo dire allignava anche nelle case della gente perbene. A volte tornava da qualche incontro a casa di amici borbottando che i liquori serviti erano sicuramente merce di contrabbando. Trafficanti e briganti erano il suo chiodo fisso e un motivo in più per mettere al bando alcol e sigarette, comunque strumenti di dissipazione ma in più anche frutto di delinquenza.

Scusandosi mentalmente con suo zio, Nino si affrettò sulla spiaggia senza smettere di far correre lo sguardo sull'acqua, alla ricerca dei contrabbandieri. Quella lanterna che aveva brillato brevemente non si era vista più, ma se non volevano andare a sbattere avrebbero dovuto usarla di nuovo. Si arrampicò sugli scogli e finalmente eccola, la barchetta. Quasi sotto di lui, quasi a riva.

Scese piano, cercando di non mettere il piede in fallo, di non fare rumore, di non farsi vedere. Gli scogli erano freddi e asciutti, lisci tranne qualche punta aguzza. Il rumore della risacca gli sembrava fortissimo, ma presto l'aria cominciò a portare anche voci. Sussurri.

"Piano. Piano! Che finiamo sopra gli scogli. Vai a destra. A destra ho detto!"

Un rumore secco di legno che sbatteva, un'imprecazione. Uno sciaguattare più forte intorno ai remi.

Nino sporse cauto la testa oltre lo scoglio per guardare verso l'unica spiaggetta su cui una barca avrebbe ragionevolmente potuto attraccare. E infatti, la barca stava attraccando. Era poco più di un guscio e portava due persone, e alcune casse di legno.

"Con quella stai attento, che è fragile," disse una voce.

"Stai attento tu," rispose un'altra voce, seccata. "E finiscila di darmi ordini."

Nino rimase a osservarli mentre scaricavano con cura una cassa, chiedendosi cosa fare. Uscire allo scoperto? Erano di certo armati. Aspettare che si allontanassero per mettere al sicuro la merce e rubare la barca? Ma dove pensava di andare, da solo nel cuore della notte e senza neanche saper nuotare? Poi il suo cervello ebbe come uno strappo.

Quelle voci non erano solo voci. Erano voci che parlavano nella sua lingua. Proprio un dialetto della sua amata Sicilia. Una gioia potente lo invase: quelli erano amici, di sicuro. Erano compaesani.

Si alzò da dietro gli scogli e uscì allo scoperto.

"Di dove siete?" chiese a voce alta e chiara, nel loro stesso dialetto.

Fu un attimo. Quelli si girarono, uno di loro compì un movimento rapidissimo, ci fu un lampo bianco. Uno sparo. Nino sentì un morso al braccio sinistro e poi la pallottola che colpiva gli scogli e si abbassò di colpo, con il cuore in gola.

"Le guardie?" chiese una delle voci.

"Zitto," intimò l'altro.

Per un po' nulla si mosse, Nino cercò di non respirare, la mano premuta sull'avambraccio.

"Era una sentinella. Rimetti la cassa in barca, andiamo, andiamo," fece in tempo a sentire mentre senza far rumore tornava indietro, attraverso gli scogli, arrancando con più fatica di prima. Si ripeteva che la pallottola non era entrata nel braccio, era solo un graffio, non stava sanguinando tanto. Non come Lorenzo. La ferita pulsava un po' ma non era il dolore a farlo boccheggiare, era l'incredulità. Un senso terribile di tradimento.

Non poteva essere successo davvero. La prima volta che sentiva parole che sapevano di casa, e quelli gli sparavano. E scappare sugli scogli era difficile, mica potevi correre. Almeno sembrava che quelli stessero scappando a loro volta, invece di inseguirlo. Tutti avevano paura di tutti. E l'unico rimedio contro la paura, evidentemente, era sparare. Forse avrebbe dovuto mettersi a sparare pure lui, pensò Nino. Forse, se fosse stato più bravo a sparare, sarebbe già stato a casa, a quell'ora.

Pochi minuti dopo si ritrovò sulla spiaggia da cui era partito. Un breve controllo bastò a confermargli che quello al braccio era davvero solo un graffio, la giacca si era fatta male più di lui. Ancora una volta la paura aveva scacciato per un poco la fame, ma non lo sconforto, non il senso di ingiustizia. Il mare era sempre nero e invalicabile e la guerra non finiva mai.

Però adesso basta, pensò Nino. Basta davvero.

La mattina dopo marciò verso il porto come se dovesse andare in battaglia. Schiena dritta, passi lunghi, si infilò nel viavai di persone indaffarate senza guardare né a destra né a sinistra.

"Dove parte il traghetto?" chiese a un uomo che caricava casse su un carretto. Quello gli indicò un molo senza aggiungere neanche una parola. Nino ringraziò comunque.

Io non ho fatto niente di male, si ripeteva, come una cantilena. Era tutto quello che voleva dire agli americani, agli inglesi, a chiunque lo avesse fermato, per qualsiasi motivo. Lui non aveva ucciso nessuno, tradito nessuno, lui aveva camminato per mesi e voleva solo tornare a casa, quella casa lì, la Sicilia, che ora nella luce del mattino si vedeva benissimo, come se per arrivarci bastasse un passo.

Quel passo si chiamava traghetto e lui avrebbe preso il traghetto. Senza biglietto, pazienza. Che lo buttassero a mare.

Nino aveva paura, ma era anche stanco di aver paura.

Il molo era affollato di persone, valigie, fagotti. Da quanto non vedeva tanta gente tutta insieme? Gente che chiacchierava, che si spintonava, che si sventolava contro il caldo, gente seduta sulle valigie. Gli faceva un po' girare la testa. Eppure, tra tutta quell'umanità, si sentì stranamente al sicuro. Nessuno badava a lui e nessuno sembrava mettere in dubbio il suo diritto di trovarsi lì, insieme a tanti altri esseri umani, ad aspettare un traghetto. Erano molti, ma non erano pericolosi, pensò.

In quel momento, gli arrivò un ceffone.

"Mi scusi!" una donna larga quanto una credenza si voltò verso di lui. "Mio marito mi dice sempre che gesticolo troppo."

Nino si massaggiava la guancia, con una lacrima all'angolo dell'occhio.

"Non fa niente," disse, mentendo. Faceva male, ecco cosa, e il marito della signora aveva senz'altro ragione. Ma le scuse facevano perdonare il manrovescio.

"Di dove sei?" chiese lei, sentendo il suo accento.

"Petralia Soprana."

A quelle parole, la donna diede in una piccola esclamazione di sorpresa e poi ricominciò a sbracciarsi, provocando un piccolo fuggi fuggi attorno a sé. La folla si ritrasse come il Mar Rosso per evitare manrovesci vaganti, mentre lei cercava di attirare l'attenzione di un uomo alto e snello poco distante, che guardava il mare.

"Antonio! Antonio! Vieni Antonio! C'è un paesano tuo!" poi, rivolta a Nino. "È di Petralia Sottana, mio marito."

"Veramente?"

"Veramente."

"Io sto tornando a casa," mormorò Nino, ma piano, come uno che non ci crede tanto.

"Noi abitiamo a Messina. Ma sicuramente voi vi conoscete!"

Intorno a loro, un mormorio di voci accolse con favore lo scambio, pur tenendosi a distanza di sicurezza, mentre mani volenterose attiravano l'attenzione di Antonio. Lui si avvicinò alla moglie un po' infastidito.

"Che c'è? Stavo guardando se arrivava il pollaio," disse, chiaramente convinto che ora, essendosi distratto, l'evento avrebbe tardato chissà quanto.

"Il pollaio?" si stupì Nino. I cartelli annunciavano che da lì partiva il traghetto *Messina*, non c'erano altri nomi.

"Il traghetto, sì."

"Perché lo chiamate così?"

"Vedrai, vedrai."

E in effetti, pensava Nino un paio d'ore dopo, "pollaio" era un nomignolo azzeccatissimo per quella bagnarola. Durante la guerra tutti i traghetti erano stati requisiti o affondati e il servizio sospeso per lungo tempo, e solo da pochi mesi il *Messina* era stato rimesso in funzione, con così poco personale che i biglietti non li controllavano quasi mai. Era l'unico, con poche corse al giorno, e salirci era stato come partecipare a un assalto alla baionetta. Grazie al potere di sfondamento della gigantesca signora Angela e alla capacità del suo snello marito di infilarsi in ogni spazio libero per guadagnare terreno, erano persino riusciti a conquistare un angolo relativamente arioso, accanto alla ringhiera di prua.

Ora Nino guardava la Sicilia avvicinarsi e non si accorgeva che il suo quasi-compaesano e la moglie guardavano lui, inteneriti dalla sua espressione assorta.

“Che bravo ragazzo,” badava a dire la signora. “Pensa che niente niente siete parenti.”

“Lui è dei Cerami, non abbiamo parentele, Angela,” ripeté Antonio.

“Eh, ma là sulle Madonie sono quattro gatti, cerca cerca una parentela la trovi.”

Antonio rinunciò a rispondere, con la saggezza mista a fatalismo consolidata in anni di matrimonio. Nino non ascoltava, perso nella contemplazione della costa che diventava sempre più definita: le rocce, le case, le barche, le persone. A ogni minuto che passava, tra lui e loro c’era sempre meno mare. Gli piaceva, il mare, ma in quel momento non vedeva l’ora che finisse, che toccassero terra. La stessa terra su cui poggiava la sedia di sua madre intenta a sferruzzare, la stessa terra che calpestava Maria Assunta, solo un poco più in là.

Mentre il traghetto attraccava, tra esclamazioni di sollievo e soddisfazione, Nino sentì la signora Angela, convinta di sussurrare ma chiaramente udibile fin dalla costa calabrese, chiedere al marito: “Che dici Antonio, lo possiamo tenere stasera da noi? Ha patito tanto”.

Trattenne il respiro: un pasto caldo, forse persino un letto o anche un pavimento, ma al sicuro. Non osava sperarci. Infatti, Antonio aggrottò la fronte e sussurrò qualcosa di rimando, lui sì, inudibile.

“Ma che sbandato e sbandato, si vede che è un bravo ragazzo!” protestò lei, stavolta senza nemmeno provare a sussurrare. “E mica vorrai chiudere la porta in faccia a un parente?”

Antonio si voltò verso Nino che provò ad assumere la sua espressione più innocua. Poi scrollò le spalle, rassegnato a ospitare uno sconosciuto sotto il suo tetto, in nome di una parentela decretata dalla moglie.

Quel pomeriggio, in un appartamento non lontano dal mare, miracolosamente rimasto illeso nonostante le bombe, Nino celebrò il suo ritorno in Sicilia facendo il pane per Antonio, Angela e i loro due figli. Le mani gli tremavano appena mentre toccava la farina, mentre versava l’acqua. Sarebbe stato ancora capace? Aveva maneggiato esplosivi, fucili, merda, sangue, binari, lumache ma l'impasto del pane, quello non lo maneggiava da anni.

Poi sentì la pasta che prendeva consistenza sotto le dita, la materia che rispondeva al tocco, i gesti che tornavano. Forse non erano perfetti, ma non li aveva persi. Si voltò verso la signora Angela che aspettava di prendere in consegna la pagnotta per portarla a cuocere al forno, e sorrise, un sorriso di ragazzo sotto la barbaccia lunga. Gli sembrò il primo sorriso della sua vita.

20.

La strada che saliva a Petralia Soprana aveva il movimento di una carezza: una curva dopo l'altra, su per il ripido pendio, fino a sfiorare il paese, là in alto, arroccato e luminoso nel sole di agosto. Il "parente" Antonio aveva procurato a Nino un passaggio da un commerciante amico suo, che lo aveva portato fino a Petralia Sottana. E ora non restavano che pochi passi, gli ultimi passi per arrivare a casa.

Una curva dopo l'altra, Nino saliva verso Petralia Soprana come un pellegrino in vista del santuario, provando uno sgomento che non riusciva a diventare felicità. Sembrava tutto uguale a quando quella strada l'aveva discesa, diretto alla guerra. Ma adesso gli pareva anche tutto immobile, come una cartolina: irreale. Dov'erano i carri, gli animali, le biciclette, le persone? A metà pomeriggio, orario di commissioni e di lavoro, sembrava non esserci un'anima su quella strada che lui ricordava viva e trafficata.

Non si vedevano crateri di bombe né distruzioni, ma quel silenzio vuoto gli faceva paura. La guerra era arrivata anche lì, con i suoi saccheggi? Erano tutti morti? Deportati? Per la prima volta pensò quello che si era sempre rifiutato di pensare: lui aveva attraversato il mondo intero per tornare dalla sua famiglia, e forse la sua famiglia non c'era più. Lui aveva perso tempo ad avere paura per se stesso e non ne aveva avuta abbastanza per loro.

Solo una volta entrato fra le vie di Petralia Soprana cominciò a incontrare qualche viso: ma per strada e alle finestre i compaesani lo guardavano passare come lo avevano guardato gli abitanti di quell'altro paese, più a nord. Con stupore e un filo di sospetto. Lui salutava, cercava uno sguardo di sorpresa, di accoglienza, ma nessuno lo riconosceva. Proseguì fino alla piazza principale, come un fantasma tornato a infestare il proprio castello.

Qui si fermò. Si sedette sul monumento ai caduti, si guardò intorno. Il portone della chiesa era aperto, dalle botteghe entravano e uscivano le persone, era una giornata normale, con le sue chiacchiere e le sue incombenze. Ma ogni cosa gli arrivava come ovattata, i movimenti più lenti, i suoni più flebili. Chiuse gli occhi. Era vero o era un altro sogno, magari l'ultimo? Forse Antonio gli aveva tagliato la gola nel sonno e questo era solo il suo ultimo ricordo.

"Nino." Il suo nome lo richiamò alla realtà. C'era una donna in piedi davanti a lui, era un'amica di sua madre. Ma era così vecchia quando se n'era andato? La fissò sconcertato.

"Sei Nino," ripeté lei, più sconcertata ancora.

"Sono Nino," annuì lui, e gli sembrò di non aver detto altro per mesi.

Lei non sorrise, non pianse, non lo abbracciò. "Vai a casa," gli ordinò severa, come se lo avesse trovato per strada a dodici anni a far marachelle. "Vai subito a casa da tua madre, cosa aspetti?"

Allora Nino balzò in piedi e si mise a correre. A correre come se fosse inseguito dai tedeschi, dai combattenti, dagli americani, dai banditi e dai contrabbandieri tutti insieme. Come se fosse l'ultima corsa. Arrivò a casa senza fiato, non si fermò a chiedersi se ci fosse qualcuno, a pensare a cosa potesse essere successo. Salì le scalette e bussò alla porta.

E un minuto dopo, sulla porta, c'era sua madre.

Nino sorrise, un sorriso tanto grande da poter abbracciare l'intero paese.

Sua madre svenne.

Nino rischiò di cadere, nel prenderla al volo prima che finisse per terra. Pesava più di lui e se la ritrovò tra le braccia senza sapere cosa fare, vacillando. Si guardò intorno, poi verso il basso. Dalla panetteria nel seminterrato arrivavano i soliti rumori, il solito profumo. Era a casa, e a casa c'era qualcuno che poteva sempre risolvere ogni situazione.

"Papà!" chiamò. La voce uscì debole, poco utilizzata. Provò più forte. "Papà!"

Una comare si affacciò da una finestra di fronte.

"Cosa succede? Chi sei?"

"Sono Nino... la mamma è svenuta," riassunse lui, adagiandola a terra e cominciando a schiaffeggiarle piano le mani, il viso. "Mamma... Mamma, stai bene?"

"Nino! Madonna benedetta... Nino!" esclamava intanto la vicina. "Umberto! Umberto vieni qui! Nino Cerami è tornato!"

Suo padre uscì dalla panetteria, incredulo.

"Nino! Ma sei tu?" poi, subito: "Cosa è successo a tua madre?".

In quel momento lei aprì gli occhi. Alzò una mano a toccargli la barba. E scoppiò in lacrime.

"Me la taglio, mamma, me la taglio, non ti preoccupare," si mise a consolarla Nino, facendola ridere. E piangeva anche lui.

Intanto, la notizia si spargeva per il paese, nel giro di pochi minuti si gridava in ogni vicolo. *Nino è tornato! Nino Cerami è tornato!* Gli sembrava di poter sentire ogni singola voce e ora le sentiva bene, non c'era più il filtro di quel silenzio strano, era tornata tutta la vita, forse fin troppa vita. Le facce, le grida, le risate, le mani che lo toccavano entravano di colpo in una solitudine durata mesi, quasi lo ferivano. Abbracciato a sua madre, stava sul piccolo spazio davanti alla porta come su un avamposto assediato, mentre le scalette e la strada si riempivano di gente, che piangeva, che lo chiamava, che gridava benvenuto.

Finché correndo da un vicolo, scarmigliata, arrivò Maria Assunta.

Nino la guardò dall'alto.

Lei lo guardò dal basso.

Il tempo si riavvolse come una striscia di pasta sfoglia e

non era successo niente, non erano passati gli anni, quella era sua moglie e ogni cosa andava a posto, non c'era più niente di sbagliato.

Sulle scalette e nella strada, la gente si scostò per fare largo, in un mormorio di rispetto.

Il sorriso più grande del mondo, sotto la barba lunga, si allargò ancora di più mentre Nino scendeva di corsa i gradini e spalancava le braccia.

Epilogo

Dal lungo palo issato nella piazza pendono i nastri colorati.

Nino indossa la camicia bianca di bucato, i pantaloni neri al polpaccio, il gilet, il fazzoletto rosso al collo, e tiene la schiena dritta e la mano sinistra appoggiata sulle reni, mentre l'altra mano regge il nastro. Si volta a guardare Maria Assunta accanto a sé, splendida nella sua gonna rosso scuro, il corpetto nero stretto sulla camicetta bianca, e sul capo un fazzoletto dello stesso colore della gonna. Lei gli sorride e Nino scoppia d'orgoglio. Per la prima volta sarà accanto a sua moglie nel ballo della cordella, come ha sempre sognato.

È il ballo del 15 agosto e solo i migliori vengono selezionati, perché è difficile ballare attorno al palo seguendo i passi precisi della tradizione, mentre i nastri pian piano si intrecciano attorno al legno, e poi ballare per svolgerli dal palo, senza attorcigliarli. Molte delle coppie di danzatori che compongono quell'ampio cerchio hanno decenni di esperienza, tra questi suo zio Nino.

La gente del paese aspetta l'inizio, seduta sui gradini della scalinata e in piedi sotto i portici, e gli sembra che guardino tutti lui. Forse è così. In fondo sono solo pochi giorni che Nino è tornato. Ha raccontato cento volte la sua avventura, senza dire tutto a tutti. Ai suoi genitori, però, ha confessato anche le cose più strane, anche quelle brutte, e loro lo hanno perdonato, così come ha fatto Maria Assunta.

"Ma lo sai che vicino a Napoli c'è una ragazza con il profilo bello quasi quanto il tuo?" le ha detto una sera, a letto, per farla arrabbiare. Lei non si è arrabbiata.

"Però tu da me sei tornato," ha risposto, con la sua voce calma.

"Sei tu che mi hai fatto tornare," ha detto Nino.

Sa che non è tornato uguale, e non solo per le decine di chili in meno ma per le ombre nella testa, per gli incubi nella memoria. Ha promesso che cercherà di essere un marito non troppo difettoso. Cercherà di non spaventarla attraversando con lo sguardo la realtà delle cose, come invece ancora gli capita di fare, e vedendo invece Lorenzo steso a terra con le mani incrociate sul petto, i nazisti che muoiono nel cortile, il bagliore di una pentola da rubare, i crateri delle bombe, le lumache rosse. Nemmeno il paese è rimasto uguale, anche da lì sono passati gli americani con le loro sigarette e la cioccolata, anche Maria Assunta ha fumato con loro – ma senza innamorarsi – e Ignazio non è mai tornato dalla Russia. Nino ha deciso che ascolterà i racconti degli altri e parlerà dei suoi, quando sarà il momento. E cercherà i genitori di Lorenzo, per parlarne anche a loro.

Fissa il palo che taglia il cielo di un azzurro intenso, mentre i nastri tenuti dai ballerini si muovono appena nella brezza. E se fa un passo falso? Qualche coppia più in là, suo zio Nino intercetta il suo sguardo e gli strizza l'occhio come a dire: non preoccuparti, non sei bravo quanto me ma te la caverai. E lui, allora sì, si sente al sicuro.

Non c'è più niente di cui aver paura.

Piega un ginocchio a terra, seguendo la preghiera iniziale. Poi si rialza, muove i primi passi, timidi all'inizio, poi più decisi.

Adesso è tempo di ballare.